KB105605

Snail Letters

Yoon sukmi Essay

달팽이 편지

증보판 1쇄 발행 2020년 03월 10일

글 | 윤석미
펴낸이 | 계명훈
기획·진행 | f. book
　　　　　김수경, 김연, 박혜숙, 김진경, 함세영
마케팅 | 함송이
경영지원 | 이보혜
디자인 | design group ALL(02-776-9862)
사진 | 한정수
인쇄 | 다라니인쇄
펴낸 곳 | for book 서울시 마포구 공덕동 105-219 정화빌딩 3층
　　　　　02-753-2700(판매) 02-335-3012(편집)
출판 등록 | 2005년 8월 5일 제 2-4209호

값 16,000원
ISBN 979-11-5900-076-8　　03810

달팽이 편지

윤석미 산문집

출판사 포북

글쓴이의 진심 한 조각

두 번째 달팽이 편지

전화위복(轉禍爲福)이란 말이 있습니다.
구를 전(轉), 재앙 화(禍), 할 위(爲), 복 복(福).
화가 구르니 복이 되더라는 말입니다.
거꾸로 복을 굴리면 화가 되겠죠.
이 말을 지은 이는 소진(蘇秦), 전국시대를 살다간
인물로 기원전 284년에 세상을 떠난 사람입니다.
그러니 2,300여 년을 살아남은 말입니다.

새옹지마(塞翁之馬)란 말도 있습니다.
변빙 새(塞), 늙은이 옹(翁), 조사 지(之), 말 마(馬).
'변방에 사는 노인의 말'이란 뜻이죠.
이 말에는 짧은 에세이 한 편이 담겨 있습니다.

'노인의 말이 변방을 넘어 사라지는 바람에
잃은 줄 알았는데 몇 달 뒤에 암말을 데리고 나타났다.
한 마리 말이 두 마리가 되어 돌아오니 전화위복.
하지만 노인의 아들이 말을 타다 떨어져
다리가 부러지고 말았다. 말이 돌아오지 않았더라면
노인의 아들이 낙마할 일도 없었겠지만
이 또한 전화위복, 낙마한 덕에 노인의 아들은
전쟁터에 나가지 않아도 되었다.'

새옹지마가 기원전 123년에 죽은, 회남왕 유안(劉安)이 엮은
책에 실려 있다가 유명해진 말이라고 하니 이 말 또한
최소 2,100년은 지구에 있어 온, 무형문화재급 말입니다.

둘 다 귀에 딱지가 앉도록 들어 온 말이지만,
'살아야지'와 '견뎌야지'가 같은 말이라고 생각하는
㈜ 짐작이 '맞다'면 지구에서 2,000년을 넘긴
'전화위복'과 '새옹지마'는 '견뎌야지'에
꾸준히 힘을 주는 달팽이 같은 친구들일 겁니다.
혹시 『달팽이 편지』에 있는 글들을 모아 쭉 짜면
전화위복과 새옹지마,
딱 두 방울로 떨어질지도 모르겠습니다.
아니, 제 바람이 그렇습니다.

두 방울이면 될 이야기들을 또 풀어놓습니다.
『달팽이 편지』를 읽고 답을 주신 분들 덕분이고,
늘 분에 넘치게 아끼고 믿어 주시는 포북 계명훈 대표님,
에프북 김수경 대표님 덕분입니다.
그리고 또 한 분, 김우연 대표님께도 인사합니다.

'이그로란티 쿠엠 포르툼 페타트, 눌루스 벤투스 에스트
(Ignoranti quem portum petat, nullus ventus est')'
'어느 항구를 향해 가는지도 모르는 자에게 순풍은 불지 않는다.'
요즘 제가 꽂혀 있는 라틴어 문장입니다.
가고자 하는 곳만 확실히 정해 두고 살면 될 것 같습니다.
아마 느림보 달팽이도 분명 알고 있을 겁니다.
그러니 그렇게 꾸준히 5억 년이나 살아왔겠죠.

내일은 순풍이 불었으면 좋겠습니다.

윤석미

2장

We Our Us Ours & Love

나, 너, 우리! 사람과 사랑에 대하여

3장

Good Think Good Life
조금 더 행복해지기 위하여

먹기 싫은 음식,
하기 싫은 일은
거절할 줄 알면서
상처는 왜
덥석 받을까.
누군가 내게
상처를 주려고
할 때는
분명하게
말해야 한다.

No Thanks!

Yes or No

도무지 정답이 없는 인생에 대하여

1장

숨비소리

20여 미터의 물속에서 20여 초,
길게는 2분이 넘게 잠수했던 해녀들은
숨이 멈출 듯한 순간,
물 위로 솟구치며 긴 숨을 내쉽니다.
이것을 '숨비소리'라고 합니다.

숨비소리란 온몸을 다해서
참고 있던 힘을 몰아내는 소리를 말합니다.
더 이상 참게 되면 죽을 수도 있을 것 같은,
그 어떤 순간에 한껏 토해내는 숨소리입니다.
극한의 고통을 이겨 낸 소리란
얼마나 기쁘고 대견한가.
그러니 숨비소리를 내는 순간이란
뜨거운 환희의 순간과도 같을 것입니다.
우리의 하루하루도 그렇습니다.
소한 추위처럼 매섭게 오거나,
절대 고독 같은 어둠으로 오거나,
상처투성이의 아픔으로 오기도 하니까.

삼한사온이라는 말.
인생도 다르지 않습니다.
추위의 끝은 반드시 온기로 오고,
따뜻한 뒤에도 언제든 다시 추위는 찾아오는 법.
소소하거나 혹은 폭풍처럼 오는 고통의 시간들을
너무 오래 방치해 두지 말고,
때로는 해녀들이 그러하듯, 힘찬 숨비소리를 터뜨리며
마음 안의 묵은 고통들을 씻어내야만 합니다.
'숨비소리'가 터져 나오는 순간,
비로소 마음이 다시 숨을 쉴 수 있게 될 테니.

탱고처럼 뜨겁게

탱고는 이민자들이 모여 살던 아르헨티나의 항구 도시
'라 보카(La Boca)'에서 시작되었습니다.
낯선 곳에서의 고단한 삶이 빚어낸 뜨거운 선물이 바로 탱고입니다.

정열의 춤, 탱고는 세상 가장 화려한 모습으로
나를 단장한 채 음악에 몸을 맡기는 격정적인 춤입니다.
그런데 그 화려한 춤은 낯설고 고단한 삶이 모여 있는 곳,
고통으로 얼룩진 땅에서 만들어졌습니다.
앞이 보이지 않을 만큼 막막한 현실에 갇힌 사람들.
그들은 탱고라는 춤을 통해서
안으로만 가두던 스스로의 상처를 이겨냈습니다.
고단한 삶을 이기게 만들어 준 뜨거운 춤,
마음가는 대로 내 몸을 맡기게 하는 솔직한 춤, 탱고.
어디로 가야 할지, 지금처럼 계속 살아도 괜찮을지,
답답하거나 허겁지겁 마음의 비상구를 찾고 있는
내가 보인다면 탱고처럼 뜨겁게,
마음이 원하는 대로 몸을 맡겨 보는 것도 좋겠습니다.
나도 몰랐던 내 마음. 그 마음에게
조금만 더 솔직해 본다는 것.
숨기거나 가두기만 해서 잔뜩 기죽어 있는
내 마음에게 자유를 주는 겁니다.
탱고처럼 뜨거우라고, 그리고 행복하라고.

'상처' 받지 않고 거절하는 법

현명한 사람은 큰 불행도 그저
시시한 것이라고 축소해 버립니다.
어리석은 사람은 사소한 불행도 현미경으로
확대해서 스스로를 큰 고민 속에 빠뜨립니다.

'행복과 불행은 크기가 정해져 있는 것이 아니라
받아들이는 사람의 마음에 따라 작은 것도 커지고,
큰 것도 작아질 수 있다.'
축소, 확대만 잘하면 행복한 상태를 유지할 수 있다는
이야기는 프랑스 고전주의 작가
라 로슈푸코(La Rochefoucauld)의 말입니다.
불행은 가능한 한 축소해서 받아들이고,
행복은 되도록 확대해서 받아들일 줄 아는 지혜.
로슈푸코의 말대로만 하루를 살 수 있다면
언제나 기분 좋은 얼굴을 유지할 수 있지 않을까.
사소한 상처쯤은 툴툴 털고 일어설 수도 있지 않을까.

불행을 축소하고, 행복을 확대하는 현미경 하나,
내 마음에게 선물해야겠습니다.
내 마음을 행복하게 만들어 줄 수 있는 사람만이
다른 이에게도 그 행복을 나눠 줄 수가 있으니.

몰입 그리고 휴식

「새로운 소설을 쓰기 시작해서 잘 안 될 때면
난로 앞에 앉아 작은 오렌지 껍질을 짜서
불꽃에 끼얹고는 파란 불이 소리 내어 타는 것을 본다.
그리고 이렇게 중얼거려 본다.
'걱정할 것 없다. 지금까지도 써 왔다.
지금도 쓸 수 있다. 정말 문장 하나만 쓰는 것이다'
그렇게 생각하면 정말로 문장이 나와서
그때부터는 계속 쓸 수 있게 된다.」

글을 쓰다가 막히면 이렇게 벽을 뛰어넘는다고 말한 사람은
헤밍웨이(Ernest Hemingway)입니다.
그는 항상 정해진 시간, 오전에만 글을 썼다고 합니다.
이것이 끝나면 다음날 아침까지는 글을 쓰지 않았다고 합니다.
다음날 아침이 올 때까지는 의식적으로
일에 대해서 생각하지 않으려고 한 것입니다.
1962년에 노벨상을 수상했던 과학자
프란시스 크릭(Francis Harry Compton Crick)도
비슷한 이야기를 남겼습니다.
몰두와 휴식을 교대로 가져야만 한다고.

몰입만 계속된다면 더 이상 몰입할 수 없게 되는 때가
반드시 오게 된다고 말입니다.

그는 묵묵히 지속적으로 일하는 사람에게서는
획기적인 생각이 나오지 않는다고도 했습니다.

'아이디어를 잡으려면 먼저 한 가지 테마를 놓고 오랫동안,
한 달 이상 매달려 집중적으로 연구를 한다.

그런 다음, 조금 다른 일을 해 본다.

가령 휴가를 갖는다거나 춤을 추러 가는 일 따위 말이다.

아이디어는 이런 휴면기에 떠오르는 법이기 때문이다.'

그의 말처럼 사람의 뇌파는 적당한 휴식을 취할 때
가장 이상적인 변화를 일으킨다고 합니다.

즉 뇌가 쉴 수 있도록 해 주는 것이 중요하다는 뜻입니다.

보다 여유 있는 상태일수록 고도의 일을
처리할 수 있다는 두뇌.

단순히 뇌만 그런 것은 아닐 것입니다.

머리부터 발끝까지,

몸에서 마음까지…

나 스스로를 충분히 쉬게 할 수 있는 사람만이
보다 창의적이고 능률적으로 일할 수가 있을 것입니다.

전자 제품 하나도 10년 이상을 쓰면

잔고장이 생기게 마련입니다.

그렇다면 사람의 몸이야

두말 할 것도 없습니다.

수십 년을 걷고, 뛰고, 먹고, 일하면서

주인에게 충성해 온 몸에게

안식의 시간을 주는 것은 지당한 일이니까.

휴식이란 단순히 몸을 쉬게 하는 일에

그치지 않습니다.

더 좋은 생각을 담을 수 있도록

머리를 비워 두어야 합니다.

비워야 다시 채울 수도 있는 인생의 룰은

여기서도 비껴가지 않습니다.

내 인생인 걸

여섯 살 때부터 오직 카프리 섬만 그려 온 한 화가가 말했습니다.
'내 감정이 움직이는 시간에만 카프리를 그려요.
아무 때나 그려지는 게 아닙니다.
왜냐하면 감정에 따라 그 풍경이 달라지기 때문입니다.'라고.

엄상익의 『변호사와 연탄 구루마』라는 책 속에는
예순이 넘도록 오로지 카프리 섬만을 그려 온
한 무명 화가의 이야기가 실려 있습니다.
작가는 카프리 섬을 여행하다 만난
어떤 화가의 이야기를 조심스럽게 풀어놓았습니다.
그리고 그 글의 말미에
'아름다운 섬 하나만을 선택했음에도
화가인 그의 일평생이 모자랐다'고
자신의 소회를 기록하고 있었습니다.
실은 그렇습니다.
그렇게까지 할 필요가 있을까, 라고
생각하게 하는 사람이 있습니다.
적당히 하면 되지, 적당히.
부러질 수야 없다 해도 가끔은 조금 휘어지기도 하면서 살면
한결 편안하지 않겠는가.
그런데 굳이 그렇게까지 할 이유가….
하기야 우리가 모르는 그 사람만의 이유가 있을 것입니다.
그걸 누가 알겠습니까. 자기만 아는 거지.
그렇게 다 쏟아서 한길을 가든,
적당히, 적당하게만 공들여서 편한 대로 살든
자기가 알아서 할 일입니다.
왜냐하면 내 인생이니까. 내 인생은 내 것이니까.

작정했거든 무조건 가야 합니다. 내 마음에 귀를 기울이면서 일단 가고 보는 것입니다.

물론 깐깐하게 가든, 설렁설렁 쉬엄쉬엄 가든… 이것은 당신 마음대로입니다만!

다람쥐와 도토리

다람쥐는 겨울이 오기 전에
도토리를 주어다 자주 다니는 길가와 흙 속에
묻어 두고 겨우내 하나씩 찾아 먹습니다.
그런데 묻어 둔 곳을 기억하지 못한다고 합니다.
심지어 청설모란 녀석은 숨겨 놓은 곳을 몰라
굶어 죽기도 한답니다. 맙소사!

다람쥐가 도토리를 긁어모을 때의 심정을 모르지 않습니다.

대비하는 것입니다.

앞으로의 삶에 대한 준비를 해 두는 것입니다.

이렇게 열심히 모아 두었으니 걱정 없다고

생각했을지도 모릅니다.

설마 숨긴 자리를 잊어버리게 될지도 모른다는 생각이야….

그런데 참 신기하게도 다람쥐가 숨겨 놓고

찾지 못했던 그 도토리들은

땅속에서 싹을 틔우고, 자라서 다시 참나무가 된다고 합니다.

그러면 다람쥐는 또 그 참나무 열매인 도토리를 먹고 살게 되고,

결국 다람쥐는 자신의 수고에 대한 대가로

함께 살아갈 힘을 얻게 되는 셈입니다.

멀리 생각하면 다람쥐가 숨겨 놓은 도토리를 찾지 못하는 것도

인생의 순환 같은 게 아닐까, 하는 생각이 듭니다.

그래서일까. 다람쥐는 언제나 과하다 싶을 만큼,

많은 양의 도토리를 숨겨 놓는다고 합니다.

이 세상에 헛된 노력이란 없다는 말을 다시 한 번 실감합니다.

애쓰고 공들여 온 일들은

언젠가 반드시 나에게로 돌아올 것이라는 사실에

의심을 품고 살았습니다.

그런데 이젠 의심하지 않겠습니다.

애썼습니다.
정말 잘했습니다.
이제 다 잘 될 겁니다.
그렇게까지 했는데
잘 풀리지 않을 이유가 없습니다.
정말입니다.

인생의 보트는 가벼울수록 좋다

당신에게 지금 꼭 필요한 것들은 무엇일까?

만일 강력한 힘을 가진 누군가가 내게

인생에서 꼭 필요한 10가지를 제외하고

모든 것을 버리라고 한다면

나는 무엇을 버리고, 무엇을 취할 것인가.

작가 제롬의 말처럼, 인생이라는 보트는 가벼울수록 좋습니다.

그렇다면 제롬은 꼭 필요한 것들만 채워서

가볍게 해야 한다는 인생의 보트에

'꼭 필요한 것들'로 무엇을 꼽았을까?

검소한 집,

단순한 기쁨들,

친구라는 이름이 어울리는 한두 명의 벗,

내가 사랑할 사람과 나를 사랑해 주는 사람,

영국 작가 제롬 K. 제롬(Jerome K. Jerome)은
『배 안의 세 남자』라는
책을 통해 이렇게 말했습니다.
'인생의 보트는 가벼워야 한다.
꼭 필요한 것들만 채워서 가볍게…'라고.

고양이 한 마리와 개 한 마리,
한두 개의 파이프,
먹을 만큼의 음식과 입을 만큼의 옷,
그리고 마시고도 남을 만큼의 물이었습니다.
제롬처럼 나도 한 번쯤,
내 인생의 필수 리스트를 꼽아 봐야 하겠습니다.
그리고 덧붙여 이런 상상도 해 볼까 합니다.
큰 배를 타고 바다를 누리다가
살기 위해서 어쩔 수 없이 작은 구명보트로
옮겨 타는 연습을 해 보는 것이죠.
지금 내게 꼭 필요한 것만 간추리는 연습은
내 삶에서 버려도 좋을 불필요한 것과 거추장스러운 것들을
버릴 수 있게 하는 지혜를 갖게 하지 않을까, 이런 생각에서.

준비가 필요해

나무들은 겨울이 오기 전에 몸속의 물기를 빼냅니다.
아니면 꽁꽁 얼어붙어 가지가 상합니다.
겨울이 오기 전에 위험한 싹부터 미리 없애는 것,
이것이 나무가 영하의 추위를 견디는 방법입니다.

잎도 없이, 꽃도 없이, 헐벗은 채로 서 있는 겨울나무들.
그럼에도 불구하고 한겨울,
체감온도가 영하 20도를 밑돈다는 추위 속에서도
나무가 꼿꼿하게 살아남을 수 있는 이유는
겨울이 오기 전에 미리, 단단한 준비를 해 두었기 때문입니다.
나무들은 가을 동안 몸속의 수분을 없애기 위해
열심히 일합니다.
그러니까 나무에게 있어서
가을은 오직 겨울을 예비하기 위한 계절입니다.
여름인들 다르지 않습니다.
가을날, 풍성한 열매를 온몸으로 키워내기 위해
한여름 더위를 이기며 진땀을 흘리는 것입니다.
그렇게 한 걸음 앞서 걸으며 살아내다 보면

닥쳐서야 종종걸음 하는 사소한 위기는 겪지 않아도 될 것입니다.

그래서 나무만큼만 성실해 보기로 합니다.

내 인생의 큰 그림을 그려 놓고,

먼 미래를 준비하는 수고로움도 좋지만

할 수 있는 것, 그리 멀지 않아서 얼마든지 예측할 수 있는

소소한 일상들을 미리 살피는 준비를

해 보기로 하는 것입니다.

봄이 오기 전에 옷장을 열어 봄옷들과 만나듯,

새 학기가 시작되기 전에 책과 새 노트를 준비하듯,

그만큼만 성실해지는 일은 얼마든지 할 수 있을 것 같습니다.

묻지도 말고, 따지지도 말고, 그냥 꾸준히 해 보기로 합니다.

하루치의 '성실'이 모이고 모여서

'성실한 인생'을 만든다고 굳게 믿으면서.

정거장에서

북적이는 정거장에서는 사람이 보이고, 인생이 보입니다.
차 시간보다 미리 도착해서 한 손에는 자판기 커피,
또 한 손에는 읽을거리를 들고
한가로이 음악을 듣는 사람이 있습니다.
머리를 풀어헤치고 이미 출발한 차를 정지시킨 뒤
가까스로 올라타는 사람도 있습니다.
단 몇 분, 몇 초의 시간 때문에 차를 놓쳐 버린 사람에게서는
'다음부터는 꼭 미리 와서 기다려야지' 하는
후회와 다짐이 읽혀지기도 합니다.
그런데 혹 아는지.
서두르는 이는 언제든 먼저 도착하지만,
늦는 이는 하늘이 두 쪽 나도 지각생이라는 것을.

여기 정거장. 미리 와서 기다리는 사람,
가까스로 도착해서 막 출발하는 기차에
오르는 사람, 표를 구하지 못해서
'혹시나' 하고 요행을 바라는 사람,
그리고… 기차를 놓치고
허탈해 하는 사람들이 있습니다.

'시간'이란 출발 시간이 정해진 차와 같습니다.
'인생'이란 그 시간을 쪼개어 시간표를
만들어 놓은 정거장과도 같습니다.
시간이 되면 어김없이 출발한다는 것.
인정사정없이 떠나고야 만다는 것을 알면서도…
그걸 알면서도 번번이 늦고야 마는,
그래서 허둥지둥하는 건…
대체 그 이유가 어디에 있는 것인지.

이렇게 생각해 보기로 합니다.
이 세상에서 가장 무서운 시간은 5분이라고.
5분만 일찍 일어났어도,
5분만 서둘렀어도,
5분만 일찍 당도했더라면…
그런 일은 일어나지 않았을지도 모르니까.

잘 알지도 못하면서

꽁꽁 얼어붙어 있는 겨울 강 위에서 여기저기 구멍만 뚫다가
낚시를 끝내는 사람은 영락없는 초보자입니다.
적의 기지에는 발도 들여놓지 못하고,
여길까 저길까 염탐만 하다가 돌아오는 군인 같다고 해야 할까.
발발이처럼 뒤지고 다니며 여기저기 구멍만 뚫는 통에
고기들은 벌써 10리 밖으로 다 달아나 버리고 맙니다.
그러니 고기는 구경도 못해 보고 빈손으로
돌아가기 십상입니다.
경험과 훈련이 쌓이고 쌓여야
비로소 찾을 수 있게 되는 것이 과녁입니다.
그런데 그 과녁을 찾기 위해서
반드시 필요한 것은 충분한 기다림입니다.
해묵을수록 깊어지는 장맛처럼
여유를 가지고 기다릴 수 있는 사람만이
과녁을 알고, 포인트를 찾을 수 있습니다.
그렇다면 인생을 얼음낚시에 비유했을 때,
구멍을 뚫은 뒤 얼마나 기다려야 월척을 하게 될 수 있는 걸까?

얼음낚시를 할 때,
초보인지 아닌지를 가려내기는 매우 쉽습니다.
초보들은 여기저기 구멍만 뚫어 대느라,
고기 구경은 해 보지도 못합니다.

노벨상 수상자인 허버트 사이먼(Herbert Alexander Simon)
박사의 연구 자료에 의하면 인생의 과녁을 찾는 데
걸리는 시간은 최저 10년.
적어도 한 가지 분야에서
그 일을 완전히 터득하기 위해 걸리는 시간,
실력이 붙을 때까지 걸리는 최저의 시간이
바로 10년이라고 합니다.
그러니까 어차피 무언가를 제대로 해내기 위해서는
이렇게 충분한 숙성의 시간이 반드시 필요한 것이었다면
그동안 안달복달 마음 끓일 이유도 없었습니다.
그렇다면 그동안 실패했던 일들 중에는
조금만 더 기다렸으면 좋은 결과를 보았을
'월척'도 있지 않았을까?
이제 좀 이를 악물고서라도
느긋하게 기다려 봐야 하겠습니다.
더 이상 초보자처럼 굴지 말고.

기다리고,
기다리고,
기다리고…
그래도 안 되거나
조바심이 날 때는?
뾰족한 방법이 없습니다.
포기하든가 아니면
조금 더
기다리는 수밖에는.

뜨거운 것이 좋아

'열심'은 뜨거운 '열(熱)'과 마음 '심(心)'이 모여서 만들어진 글자입니다.
그러니까 '열심히 살겠습니다'라는 것은 뜨거운 마음으로 살겠다는 말입니다.
열심히 살기 위해서는 마음을 뜨겁게 하는 일부터 먼저 찾아야 할 모양입니다.

열심히 공부하겠다고 다짐하지만 오래 가지 못했습니다.
열심히 일하겠다는 다짐도 곧 까먹고,
열심을 다해 사랑하겠다는 굳은 맹세도 쉬 사라져 버리곤 하였습니다.
이제부터 열심히 살겠다고 늘 다짐하면서도
그 다짐을 번번이 지키지 못하는 이유가 대체 무엇인지
늘 궁금했는데…
그런데 그것이 너무 막연한 '열심'이었기 때문이었나 봅니다.
열심을 다짐하고도 오래 가지 않는 것은
'마음을 뜨겁게 덥힐 만한 일을 찾지 못해서'라고,
오늘은 이유를 붙여 봅니다.
그러니 앞으로 나를 정말 열심히
살고 싶게 만드는 일을 먼저 찾아야겠습니다.
마음이 달궈지지 못하면 단단한 쇠를 만들 수 없다고 하니.
나만의 '열심' 리스트를 만들어 보는 것도 좋습니다.
한꺼번에 모든 것을 다 열심히 해 보겠다는 생각 대신,
차근차근 순서대로… 내 마음을 뜨겁게 만드는 일이
무엇인지를 알 수 있도록.

종이의 인생

닥나무 껍질을 잘게 잘라 말린 다음, 가마솥에 삶아 목질을 없애고
다시 양잿물을 넣어 4시간쯤 더 삶습니다.
그 다음 흐르는 물에 헹구고, 햇빛에 말려 표백시킨 후
방망이로 두들겨 곱게 빻습니다.

나무껍질을 잘라 삶고, 헹구고, 표백시키고,
두들겨 얻게 되는 것은 종이입니다.
그러니까 종이의 태생은 나무입니다.
하지만 정작 종이에서는 그 어떤 나무의 흔적도 보이지 않습니다.
그저 종이의 재료가 나무라는 것만 우리는 압니다.
나무의 존재는 흔적도 없이 사라지게 한 뒤
종이라는 전혀 새로운 인생으로 탈바꿈시키는 데는
그만큼 까다로운 과정들이 필요했습니다.
삶고, 헹구고, 표백시키고, 두들기고…
이 모든 과정들은 나무로만 살지 않고,
종이라는 새 이름으로 다시 태어나기 위해
반드시 거쳐야만 하는 시련 같은 것들이었습니다.
생긴 대로 사는 일은 수월하지만,
그것을 뛰어넘는 새 인생을 향해 가거나,
내 능력을 갈고 닦아 새로운 사람으로 거듭나기 위해서는
그만큼 긴 시간과 땀과 시련들을 거쳐야만 한다는 것을
나무로 만든 종이를 보며 배웁니다.

오늘 이 시간까지 오는 동안 길고 긴 시련을 겪었다면 반드시 그 대가를 얻게 될 것입니다.

시련으로 갈고 닦은 당신은 정말 멋질 것입니다.

공짜는 없다

'백성을 가르칠 인생의 방법에 대해 기록하라!'
왕이 명령을 내렸습니다. 그러자 신하들이
온갖 지혜를 짜 모아 열두 권의 책을 만들었습니다.
그런데 왕은 바쁜 사람들이 읽기에는
너무 많은 분량이라며 좀 더 줄일 것을 요구했습니다.

사실 인생의 방법을 모두 담는 데는
열두 권의 책으로도 부족했을 것입니다.
그런데 왕은 그것을 좀 더 간략하게 줄이라고 요구했습니다.
신하들은 열두 권이나 되는 지침서를
단 한 권의 책으로 줄이고 줄여 완성했습니다.
그런데 이번에도 왕은 또 줄이라고 했습니다.
참으로 잘 만들었지만 글을 모르는 사람들은 읽을 수가 없으니
이 한 권의 책을 단 한 줄의 글로 줄여 보라고 말입니다.
오랜 연구 끝에 한 줄의 문장이 완성되었습니다.
백성을 가르칠 인생의 지혜를 농축해서 담아낸 단 한 줄은
'이 세상에 공짜는 없다' 이 말이었습니다.

형태 심리학자 머슬로우(Abraham H. Maslow)라는 사람이 있습니다.
그는 인간의 욕구를 5단계로 구분 지어 놓았습니다.
배고프면 먹고 졸리면 자는 생리적 욕구,
편하고 안정된 삶을 얻고 싶어 하는 안전 욕구,
다른 사람들과 친밀한 관계를 맺고 싶어 하는 사회 활동의 욕구,

다른 사람으로부터 높은 평가와 존경을

받고 싶어 하는 자존심의 욕구,

그리고 진실로 되고 싶어 하는 자기를 만드는 욕구,

이렇게 다섯 단계입니다.

이 중 다섯 번째 단계,

즉 가장 고차원적인 욕구의 단계가 바로

진실로 되고 싶어 하는 나를 만들기 위해

공짜 정신을 버려야 한다는 것입니다.

즉, 모든 인간이 바라는 최고의 단계이자 성공의 단계란

내가 맡은 일에 최선을 다하고 그 결과로

직장과 주위 사람들에게서 정당한 대우를 받으며

그로 인해 어디에서든 떳떳하고,

부끄럽지 않은 나를 만드는 일이었습니다.

동서양을 막론하고, 남녀노소를 가리지 않고,

부자와 가난뱅이를 차별하지 않고,

가장 합리적으로 적용할 수 있는 인생의 법칙이란,

'요행을 바라지 말고 신실한 노력으로 살라'는 것이었습니다.

달팽이 편지

가는데 이삼일, 오는데 또 이삼일. 우체통에 넣은 편지가
서로에게 오가는 데는 보통, 일주일이 걸립니다.
그것도 편지를 받자마자 답장을 써서
그 길로 우체통에 넣었을 때만 그렇습니다.
이 느림보 편지를 두고 '달팽이 편지'라고 부릅니다.

달팽이 편지라는 이름이 하도 곱고 따뜻해서

가만히 접어 가슴속에 넣어 두었습니다.

그리곤 잠시… 해묵은 기억 속의 풍경들을 꺼내 보았습니다.

달팽이처럼 느릿느릿 쓰고 지우던 편지들.

쓰다 지우고, 다시 쓰다 찢어 버리고, 또 다시 쓰고,

밤새 그 편지를 완성하고도 아침이면

부칠까 말까 망설였습니다.

손발이 오그라드는 것만 같은 그 유치한 문장들이라니….

그래도 간밤의 수고가 아까워서,

부치지 않으면 두고두고 후회할 것 같아서,

두 눈 질끈 감고 빨간 우체통에 넣고는

수줍게 돌아서던 내 기억 속의 숱한 편지들.

우체통이 먹어 치운 편지는 답장이 되어 다시 돌아올 때까지,

마음을 발갛게 물들여 놓고는 했었습니다.

요즘 같아서는 쉽게 공감이 되지 않는 이 우체통 편지를

달팽이 편지(Snail Letter)라고 한다니…

얼마나 적절한 이름인지.

기다림이 고스란히 묻어나는 이름이 아닐 수 없습니다.

오래 전 그 날처럼,

오늘 밤 저는, 스탠드 불빛 아래 엎드려

달팽이 편지 한 장 써 볼 참입니다.

쓰고 지우고, 쓰고 찢고, 그러고는 또 다시 써 보는

행복한 손 편지 말입니다.

감사를 표현하는 여러 가지 방법 중에
어떤 방법을 즐겨 쓰고 있는지.
꽃다발? 케이크? 와인? 이메일?
아니면 진심이 담긴 말 한 마디?

북미에서는 저녁 파티에 초대한 주인에게 감사의 표시로
와인이나 꽃다발, 혹은 케이크를 선물합니다.
그러나 중국에서는 저녁 초대에 오면서 음식을 가져오는 것은
주인을 모욕하는 일이 됩니다.
주인이 초대한 모든 손님들을 대접할 만큼 충분한 음식을
마련할 능력이 없다는 의미로 받아들이기 때문입니다.
대신 다음날 감사의 답례로 음식을 보내는 것은 괜찮습니다.
선물에 가장 많이 쓰이는 것 중에 하나가 꽃입니다.
그러나 유럽의 크로아티아와 아프리카의 이집트에서는
꽃을 선물하면 눈살을 찌푸립니다.
꽃은 오직 결혼식과 장례식 때만 사용되기 때문입니다.
일본에서는 공식적 행사에 초대 받으면
답례의 선물을 가져갑니다.

그런데 그 선물은 반드시 포장이 되어 있어야 하고
가급적이면 고급 포장지가 좋습니다.
중국에서도 역시 선물은 반드시 잘 포장되어야 하는데,
절대 푸른색 종이로는 싸지 말아야 합니다.
중국에서의 푸른색은 조의를 상징하기 때문입니다.
영국이나 핀란드에서는 왼손으로 선물을 주고받는 것을
가장 바람직하게 여깁니다.
그러나 노르웨이, 이집트에서는 왼손으로 주고받는 것을
무례한 행동으로 생각합니다.
『My thanks to you』라는 책 속에는
감사를 표현하는 다양한 방법이 등장합니다.
감사하기도 어렵지만, 제대로 감사하는 일은
더 어려운 것 같습니다.

김매기

논이나 밭에 널린 잡초를 뽑는 일을 김매기라고 합니다.
김매기를 하지 않으면 잡초가 무성해집니다.
물론, 잡초가 무성하게 자란다고 곡식이 자라지 않는 건 아닙니다.
곡식 또한 잡초와 더불어 잘 자라니까.

김매기를 하지 않는다고 해서
곡식이 잘 자라지 않는 게 아니라면
왜 군이 뙤약볕 아래서 힘들게 김매기를 하는 것일까?
결과적으로 아무 영향력도 없는 일을
하고 또 하는 이유는 무엇일까?
곡식이 잡초의 영향을 받지 않고 탈 없이 잘 자라는데도
힘들게 김매기를 하는 이유는 실한 열매를 얻기 위해서 입니다.
잡초를 뽑아 주지 않으면 속이
꽉 찬 열매를 얻을 수 없기 때문입니다.
겉은 비슷해 보여도 속은 텅 빈,
껍질뿐인 열매를 얻게 되니까.
간혹 앙칼진 밤송이를 벌리고 조심스럽게 밤을 꺼냈더니
쭉정이만 들어 있을 때가 있습니다.

실하게 여물지 못한 밤을 보면 슬그머니 짜증이 납니다.
똑같이 봄과 여름을 지낸 다른 밤들은
통통하게 잘도 여물었는데
쭉정이만 맺은 그 밤들은 대체 그동안 뭘 했던 것일까?
살면서 흔히 하는 말 중에
'마음 좀 가다듬고 나서 하겠다'라거나
'마음 정리가 필요하다'라는 말이 있습니다.
이 말들이 바로 '마음의 김매기'와
같은 뜻일 거라고 생각합니다.
마음의 잡초들을 방치해 두게 되면 결국…
겉으로는 멀쩡해 보여도
속은 텅 비어 있는 멍텅구리 열매가 맺힙니다.
어디에? 내 마음에.

독을 품다

독기를 품었다고 말하는 것이 기분 좋은 칭찬으로 들리지는 않지만,
그렇다고 깎아내리기 위한 말도 아닙니다.
왜냐하면 젖 먹던 힘까지 다 끌어내어
최선을 다하고 있다는 뜻이 숨어 있기 때문입니다.

6월에 꽃을 피우는 소태나무.
그 줄기를 씹어 보면 그야말로 '소태맛'입니다.
시원한 이파리와 꽃으로 사랑받고 있는 마로니에도
그 열매는 엄청 쓰고 떫은 물로 가득 차 있습니다.
양귀비 역시 열매속의 아편 성분 때문에
아름다운 꽃을 피우면서도 재배가 제한되고 있습니다.
7, 8월에 꽃을 피우는 다년생 덩굴풀, 박주가리.
박주가리 또한 줄기속에 동물의 심장을 마비시키는
스테롤 유도체 성분을 갖고 있어서
섣불리 덤비는 곤충들에게 멋지게 보복을 합니다.
박주가리와 같은 시기에 자홍빛 꽃을 피우는 디기탈리스 역시
독화살을 만들 때 쓰일 정도로 강한 독성을 지니고 있습니다.
이밖에도 불쾌한 향과 맛을 지닌 식물들은 얼마든지 있습니다.

그렇다면 식물들은 왜 이렇게 쓰고 불쾌한
향이나 맛을 지니게 되었을까?
산림생태학을 전공한 차윤정 씨는 이렇게 말합니다.

'그것은 경쟁력 강화를 위해 만들어 낸 고육지책이다.'
식물들이 이렇게 고약한 화학 무기들을 지니게 된 데에는
그만큼 눈물겨운 사연이 많습니다.
스스로의 어려운 환경을 이겨낼 만한 무엇,
자신의 생존 경쟁력을 높이기 위해
다른 것들을 희생시켜 만들어 낸 그 무엇.
그 고육지책이 바로 식물들의 고약한 화학 무기들인 것입니다.
그러니까 식물들이 독기를 품게 된 이유는 살기 위해서,
모든 이유가 '살기 위해서!' 이것에 있었습니다.

우리가 흔히 하는 악수는 손에 무기가 없다는 것을
알리기 위해서 비롯되었습니다.
살기 위해서 독을 품을 수밖에 없다면
따뜻하게 악수할 수 있는 손도 있어야 하지 않을까.
살기 위해서 독을 품을 수밖에 없는 운명은
나무나 사람이나 매한가지일 테니.

유월의 비는 돌도 자라게 한다

유월에 내리는 비는 나무들을 자라게 합니다.

이제 막 모내기를 마친 논에서 쑥쑥 벼들이 자라게 합니다.

그래서 사람들은 말합니다. 유월의 비를 맞으면 돌도 자란다고.

비는 다 같은 비인데도 언제 내리는가에 따라서
그 의미가 달라집니다.
내리고 나면 날이 풀리는 비가 있는가 하면,
오고 나면 부쩍 추워지는 비가 있습니다.
가뭄 끝에 내려서 모두에게 환영받는 비가 있는가 하면,
그칠 줄 모르고 퍼부어서
한숨을 부르게 되는 장맛비도 있습니다.
그런데 이토록 다양한 성격을 지닌 비 중에서
가장 건강하고 성실한 비는 유월에 내리는 비라고 합니다.
유월에 내리는 비는 모든 것을 자라게 하기 때문입니다.
생명 없는 돌까지 자라게 한다는 말이 있을 정도로
값진 생명수 같은 비.
비로 살려거든 유월의 비처럼 살 일입니다.

이번 주는 힘들고

다음 주에 꼭 보자, 라고 합니다.

지금은 바쁘니까

한가해지면 하자, 라고 합니다.

돈이 조금 더 모이면

크게 풀겠다, 라고 합니다.

평생 그 말만 하다가…

때를 다 놓쳐서 그냥 갑니다.

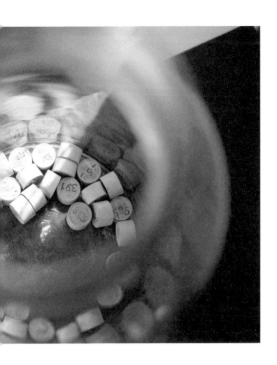

활음조

발음하기 어렵고 듣기 거슬리는 소리에는
어떤 소리 하나를 바꾸거나 더해서
발음하기 쉽고 듣기 부드러운 소리로 만듭니다.
바로 이런 것을 '활음조'라고 합니다.

6월을 '육월'로 읽지 않고 '유월'로 읽는 데는
까닭이 있습니다.

'육월'이라는 글자의 발음이 매끄럽지 않은데다
듣기에도 거슬려서 'ㄱ' 받침을 없앤 것입니다.

지리산을 '지이산'으로 읽지 않고,
'지리산'으로 읽는 이유도 그렇습니다.

부드럽게 발음하기 위해
'이'라는 글자를 '리'로 바꿔 읽게 한 것입니다.

이를 두고 활음조 현상이라고 합니다.

그렇다면 마음에서 불편하거나 듣기 거북한 소리가 날 때도
활음조를 적용해 보면 어떨까.

기분 나쁜 생각 하나만 슬그머니 빼 버려도
한결 매끄럽고 편안해지지 않을까.

삐거덕 삐거덕, 덜그럭 덜그럭….

내 몸 어디에선가 불쾌한 소리가 느껴질 때
귀찮고 무거운 것 하나쯤 덜어내거나,

헐거워진 나사를 다시 조이거나,

득이 되는 배터리 하나쯤 보태면 한결 수월하지 않을까.

위에 견주면 모자라고 아래에 견주면
남는다는 법칙이 있습니다.

어디에 견주느냐에 따라 넘치기도 하고, 부족하기도 합니다.

굳이 위에 견주어 모자란 인생으로 만들지 말고,

아래에 견주어 넘치는 기쁨으로 사는 지혜.

바로 이것도 센스 있는 활음조 활용법입니다.

비 내리거든

1804년, 여름. 강진에서 유배생활을 하던 정약용은
긴 장맛비를 보며 '구우(久雨)'라는 시조를 지었습니다.
그 속에는 '탄식이야 맑을 때도 있을 것이니
오랜 비도 괴롭지 않다'는
그의 겸허한 마음이 담겨 있습니다.

궁거한인사(窮居罕人事) 궁벽하게 사노라니 사람 보기 드물고

항일폐의관(恒日廢衣冠) 찾는 이 없으니 늘 의관도 걸치지 않고 사네.

패옥향낭추(敗屋香娘墜) 낡은 집엔 향랑각시(바퀴벌레) 떨어져 기어가고

항휴부비잔(荒畦腐婢殘) 황폐한 밭두둑엔 팥꽃이 남아 있네.

수인다병감(睡因多病減) 병이 많아 잠마저 줄고

추뢰저서관(秋賴著書寬) 글 짓는 일로 수심을 달래네.

구우하수고(久雨何須苦) 오랜 비도 괴롭지 않네.

청시야자탄(晴時也自歎) 맑을 때에도 탄식할 것이니.

정약용의 시조 속에는
유배생활의 쓸쓸함이 고스란히 배어 있습니다.
찾아오는 사람이 없으니 굳이 깨끗한 옷을 걸칠 일도 없습니다.
낡을 대로 낡아서 쓰러져 가는 집에는 벌레만 기어 다니고,
근심 걱정이 많으니 잠도 오지 않고,
그저 글 짓는 일에만 빠져 지내다 보니
오랜 비도 나쁘지 않습니다.

어차피 맑은 날에도 마음껏 돌아다니지 못하는 매인 몸.
차라리 비가 그치지 않았으면 하는 마음도
없지 않았을 것입니다.
이렇게 긴 장마 속에서 정약용이 발견한 것은
맑으면 맑다고 투덜대고,
비 오면 비 온다고 투덜대는 삶이었습니다.
잠을 이루지 못하게 하는 근심 걱정이야
날이 흐리거나 맑거나 상관없이
그칠 줄 모른다는 것이었습니다.
그래서 차라리 핑계라도 대고 살 수 있게
이 비가 그치지 않았으면….
절벽 끝에서도 살아갈 낙을 발견하는 그의 마음을
디딤돌로 삼아 보고 싶습니다.
어차피 맑아도, 비 내려도 삶의 고단함은 가시지 않았습니다.
그동안의 경험상!

밀물처럼, 썰물처럼

바닷물은 하루에 두 번, 들어오고 나갑니다. 그리고 매달 두 번,
물이 가장 많이 빠져나가는 '조금'이라는 때가 있는가 하면,
만조가 될 때까지 계속 밀고 들어오는 '사리'라는 때도 있습니다.

드라마나 영화 속에서 흔히 등장하는 장면이 있습니다.
실연의 상처가 있거나, 꿈꾸던 일에서 실패하거나
믿었던 누군가에게 지독한 실망을 하게 되었다거나…
갈등이나 슬픔 등이 차오를 때면 바다로 찾아가
마음의 평정을 찾고 돌아오는 장면입니다.
바다라면 마음을 다 씻어 줄 수 있을 것이라고 생각하는 걸까?
하지만 그렇게 모든 것을 다 받아 줄 것만 같은 바다에게도
하루에 두 번, 그리고 한 달에 두 번,
바닷물이 들고나는 어떤 시간들이 있습니다.
한없이 평화롭거나 거대하게 느껴지는 바다에게조차
물이 들고나는 시기가 있으니 사람이야 말할 것도 없습니다.
하루에 몇 차례씩 밀려드는 좋은 생각이 있는가 하면,
마음이 다 빠져나가는 것 같은 어떤 시간도 있습니다.

만년필로 쓴 글씨가 푸른색인 까닭은
푸른색 잉크를 넣었기 때문입니다.
마음도 잉크와 같아서 먹빛으로 채울지,
푸른 바다 빛깔을 채울지는
바로 주인인 내가 결정하는 것입니다.
내게 유독 기운 빠지는 일이 생겼다면
이렇게 생각해 보는 겁니다.
물이 가장 많이 빠져나가는 '조금'이라는 때가 왔구나, 내게.
무언가 생기 있는 기쁨들이 밀려들 때이거든
또 이렇게 생각하는 겁니다.
새 꿈으로 가득 채워질 '사리'라는 때가 돌아왔구나, 내게.
인생에도 바다를 꼭 닮은 썰물과 밀물의 때가
있다는 것을 인정한다면
가끔, 너무 초라하게 느껴지는
내 모습도 믿고 기다려 줄 수가 있습니다.

작은 틈새 하나가

만약 새지 않는 댐을 원한다면
치밀하게 관리해야 합니다.
댐을 지속적으로 보수하고
보강하지 않는 한,
물은 어떻게 하든
바다로 흘러 들어갈 수 있는 길을
찾아내고야 말 것이기 때문입니다.

「물을 고이게 하려고 댐을 쌓았지만

작은 틈 하나만 있어도 물은 구멍을 넓혀 아래로 흘러갔다.

그러던 어느 날 댐 건설만 전문으로 하는

한 토목기사가 나를 위로해 주었다.

'여태까지 건설된 모든 댐들도

많든 적든 다 물이 샜습니다'라고.」

미국의 경제학자 스콧니어링 자서전에

실려 있는 이야기입니다.

아무리 굳건한 댐을 쌓아도 보이지 않는 틈은 생기게 마련이고,

그 작은 틈을 통해 새어 나가기 시작한 물이

결국은 점점 틈을 넓히면서 바다로 흘러간다고 합니다.

새어 나가는 것을 막기 위해서는 틈을 만들지 않아야 하지만,

아무리 완벽하게 담을 친다고 해도

어디에, 어느 자리에 틈이 생길지는 알 수 없다는 말입니다.

틈을 만들지 않기 위해서는

매일매일 세심하게 관리해야 한다는 뜻입니다.

새지 않는 댐은 없듯이,

우리가 건너고 있는 매일매일의 시간에도 틈은 있습니다.

그 틈이 얼마나 벌어져 있는지,

그 사이로 얼마나 많은 귀한 시간들이

새어 나가고 있는지 알 수 없습니다.

틈을 발견하고, 보수하거나 보강하기 위해서는

적어도 하루 한 번쯤은

마음을 점검해야 할 필요가 있어 보입니다.

안녕하세요, 주머니?

십장생줌치, 오방낭자, 십장생자낭, 오방염낭…
이 낯선 이름들은 저마다의 쓰임새가 있는
주머니에 붙여 놓은 것들입니다. 어디에 쓰이는지,
어떤 장식을 달았는지, 어떤 모양인지,
그리고 어떤 천으로 만들었는지…
종류도, 이름도 참 다양한 이 주머니들은 왜 생겼을까?

한복에는 호주머니가 없기 때문에
그 대신 주머니가 생겼다고 합니다.
우선, 죽지 않고 사는 10가지 동물들을
수 놓아 만든 주머니 '십장생줌치'는
길상(吉祥)을 기원하는 뜻이 담겨 있습니다.
'오방낭자'는 청색, 백색, 적색, 흑색, 황색까지…
5가지 색깔의 오색 비단으로 만든 주머니입니다.
역시 액을 면하고 복을 기원한다는 뜻이 담겨 있습니다.
주머니를 생각하면 복주머니가
먼저 떠오르는 이유도 여기에 있습니다.
복을 담고, 장수를 기원하는 뜻을 담아
그 마음을 전하는 것이 바로 주머니의 속내입니다.
수많은 주머니 중에는
여러 개의 작은 방울이 달린 주머니도 있습니다.

방울은 움직여야만 소리가 나니까…
차고 다니는 방울 주머니가 딸랑딸랑 울리면
나는 건강하게 잘 살아 있다, 라는 신호를 보내는 셈입니다.
먹을 것이 부족하고, 사고도 질병도 많았던 시절.
사람들은 '안녕하세요?'라는 말로
인사를 대신하기 시작했습니다.
그러고 보니 주머니도 다르지 않습니다.
무탈하기를, 건강하기를, 복되기를…
그 마음으로 빚고 채워서
누군가에게 건네는 마음인 것입니다.
상대를 염려하고 누군가의 안녕을 기원하는
마음이 담긴 주머니.
그 속 깊은 뜻을 알고 나니
주머니가 한결 더 매력적으로 보입니다.

하루만 기다리기

그리스 계 아르메니아 사람으로 코카서스 지방의 알렉산드리아에서 태어난
신비주의자 조지 이바노비치 구제프. 그는 아홉 살 때 아버지가
세상을 떠나며 남긴 유언을 인생의 약속으로 지키며 살았습니다.
그 유언은 짧지만 강한 메시지를 지닌 것이었습니다.

「만약 네게 어떤 나쁜 일을 저지르고 싶은
생각이 일어나면 그것을 다음 날로 연기하거라.
가령 누가 너를 모욕하거든
그에게 24시간 후에 보자고 말하거라.
그러나 옳은 일을 하고 싶은 생각이 들거들랑
즉시 실천에 옮기거라.」

바로 이 말이 이바노비치 구제프의 아버지가 남긴 유언입니다.
세상을 떠나면서 아들에게 무언가
특별한 선물을 주고 싶었던 그의 아버지는
자신의 아버지가 임종 때에 준 충고를
마지막 선물로 선택했습니다.
'누가 욕을 해도 분노 속에 빠지지 말 것.
그러기 위해서 24시간을 기다릴 것.'
아홉 살 소년 구제프는 당시에는 이 말이 무슨 말인지
정확히 이해할 수 없었지만,
호기심에서 그 충고를 따라해 보기 시작했습니다.

욕을 하고 주먹질을 하는 친구를 보며

'내일 보자'고 화를 삭였습니다.

그러자 다음 날.

구제프는 비록 친구가 험한 말을 퍼붓고 때리기는 했어도

자신의 잘못도 있었다는 결론을 내리게 됩니다.

친구가 그에게 '너는 거짓말쟁이야!'라고 말했는데

생각해 보니 그 말은 틀리지 않는 말이었습니다.

거짓말을 했으니까.

아홉 살 소년 구제프는 생각했습니다.

'너는 내가 미처 깨닫지 못했던 내 잘못을 밝혀 주었다.

난 너에게 큰 고마움을 느낀다.'

이후, 구제프는 언제나 24시간을 기다렸습니다.

그러는 동안 침착하고, 고요해지는 자신을 만날 수 있게 되었고,

그런 습관 덕분에 그의 능력은 점점 더 커졌으며

너그러운 인성을 갖게 되었습니다.

아주 사소한 습관이 그의 인생을 완전히 바꾸어 놓은 것입니다.

한 걸음만 떨어져서 바라보면

별일도 아닌데 그럴 여유를 갖지 못했습니다.

하룻밤만 자고 나도 마음이 편안해질 텐데

밤새 안절부절 못했습니다.

딱 24시간, 하룻밤을 넘기고 다시 생각해 보았습니다.

계속 화가 날 일은 그리 많지 않습니다.

살아 보니 그랬습니다.

여행의 이유

여행이란 내가 사는 곳을 떠나
먼 길을 나서는 일입니다.
다른 의미로는 내가 접하지 못했던
새로운 사람을 사귀고,
새로운 환경에서 지내는 것도
하나의 여행입니다. 자기가 사는 집,
그 문만 나서도 여행인 것입니다.

길을 나선다는 것은 그 자체만으로도 설레는 일입니다.

여행을 계획할 때,

문을 나서기까지의 그 설렘을 느껴 본 적이 있다면

쉬 공감할 수 있는 말입니다.

누구나 버릇처럼,

지금 가장 하고 싶은 일이 여행이라고 말합니다.

어쩌면 바로 그런 여행의 설렘을 느끼고 싶어서는 아닐는지.

일상의 감정들을 벗어난, 낯선 세계를 향한 동경 같은 것.

하지만 크게 생각해 보면 여행이 반드시

길을 나서서 어딘가 먼 곳으로 향하는 것만을

지칭하는 말은 아닐 것 같습니다.

낯선 곳을 향해 나서는 일이란,

일상에서도 얼마든지 일어나는 일입니다.

처음 만나는 사람, 이것도 여행입니다.

누군가의 마음속으로 향하는 여행.

처음 해보는 일, 이것도 여행입니다.

지금껏 몰랐던 새로운 세계를 접하게 되는 여행.

문을 열고 집을 나서는 나의 하루하루가 모두 다 여행입니다.

매일매일 아침을 만나지만 매일이 같은 아침은 아니니까.

이렇게 바라보니 생각만으로도 설렙니다.

오늘, 또 하루의 이 낯선 여행이.

다하지 못한 일들을 남기고 떠나는 여행길은
늘 마음이 무겁습니다.
하지만 정작 떠나고 보면 잘했다는
생각이 듭니다.
어제의 일들은 잊고 오늘은 그저,
오늘의 여행을 떠나는 것.
이것이 우리들의 길고 긴 삶, 그 여행입니다.

과육과 껍질

수박은 초록색에 검은 줄무늬 옷을 입고 있지만
속살은 빨갛습니다.
참외는 노란색 껍질로 싸여 있지만 속이 하얗고,
키위는 까칠한 갈색 옷으로 무장하고 있지만
그 속은 연둣빛의 말랑한 과육입니다.

박스마다 색색의 과일이 탐스럽게 쌓여 있는 과일 가게 앞을
지나다가 문득 발길을 멈췄습니다.
이 세상에 참 많은 과일들이 있지만
껍질과 과육, 안과 밖이 똑같이 일치하는 게 얼마나 될까.
딸기? 레몬? 청포도?
이것들도 그저 빛깔이 같을 뿐, 질감까지
완벽하게 같지는 않습니다.
껍질을 벗겨 내지 않고서는 알 수 없습니다.
껍질을 벗겨 맛을 보아야만 알 수 있습니다.
맛보지 않고, 껍질 그대로의 모양만 보고서는
도무지 그 맛이나 과육의 생김을 짐작조차 할 수 없습니다.
겉보기와 달리 이렇게 빨갛고, 하얗고, 투명한…
겉보기와는 달리 이렇게 달고, 말랑하고, 아삭한…
신비한 맛이 숨어 있다는 것을 알아낼 수는 없습니다.
굳이 껍질을 벗기고, 곱게 썰어서 저마다의 과일을 맛보듯이

세상에는 껍질을 벗겨 보아야 할 일들이 참 많습니다.
껍질을 벗기는 수고로움이 있어야만 그 참맛을
느낄 수 있는 것들이 많습니다.
그러니 그 맛난 즐거움들을 하나도 느껴 보지 못한 채
우물 속의 물처럼 얌전히 고여 있다면, 참 슬플 것 같습니다.

쉼 없이 흐르는 물은 고여 있는
물의 심정을 알 수 없습니다.
단단하게 박혀 있는 바위는 동글동글 구르는
자갈의 심정을 알 수 없습니다.
내가 모르는 세상을 경험해 보는 일,
때로는 그렇게 '내가 아닌 나'를
경험해 볼 수 있어야 합니다.
그래야 진짜 내 모습이 어떤 것인지를
제대로 들여다 볼 수 있습니다.

야생화처럼

물가에서, 마른땅에서 혹은 그늘 아래서도 잘 자랍니다.
자신이 처한 환경을 순하게 받아들이고 빨리 적응합니다.
스스로 자생력을 가지고 번식을 합니다.

이렇게 용감한 아이는 야생화입니다.

그래서 가엾게 느껴지나 봅니다.

돌 틈에, 잡풀 더미에, 강가나 산자락 어디에도…

저 혼자 가만히 꽃을 피워내고 있는 그 모습을 보면

때로 눈물이 핑 돌기도 합니다.

애처로워서, 기특해서, 착해서….

그렇습니다.

야생화의 특성을 이야기할 때 빠지지 않는 세 가지는

어디서든 잘 적응한다,

어디서든 잘 자란다,

혼자 힘으로 살아가는 자생력이 있다.

이것입니다.

그래서 사람들은 흔히 말하지요. 이름 없는 들꽃이라고.

하지만 이 세상에 이름 없는 꽃은 없다고도 합니다.

저마다의 이름을 가지고 있지만,

불러 주는 이가 없어서 그만 그렇게 살고 있을 뿐.

나서지도, 유난을 떨지도 않으면서 그렇게.

야생화에게 배우고 싶은 것은 자생력입니다.

스스로 일어서는 힘, 그것.

야생화의 인생을 닮고 싶지 않은 이유는

침묵 때문입니다.

누가 보아주기만을 말없이 기다려야 하는

안타까움, 바로 그것.

걸리지도, 씌우지도, 빠져들지도 마!

짐승을 꾀어 잡는 '덫'이 있습니다.
새끼나 노 따위로 고를 내어 짐승을 잡는 '올가미'와 죄인의 발목에 채우는
'족쇄'도 있고, 소나 말의 얼굴과 목을 얽는 '굴레'라는 것도 있습니다.

덫,

올가미,

족쇄,

그리고 굴레.

걸리지 말 것,

씌워지지 말 것,

채워지거나

빠져들지도 말 것.

내 인생을 묶어 버릴

4가지의

지독한 함정.

그런 줄 알면서,

다 알면서,

쉬 버리지 못하는

4가지 숙제.

덫,

올가미,

족쇄,

그리고 굴레.

도움을 청한다는 것

한 남자가 땅 위에서 커다란 돌을 들어 올리는데 무척 힘겨워 보입니다.
이번에는 물속에서 들어 올립니다. 사람도 같은 사람이고 돌도 같은 돌인데,
물속에서는 한결 수월해 보입니다.

맨땅에서는 그렇게 힘들어 보이던 일이
물속에서는 한결 수월하다는 것은 보이지 않는
힘의 작용을 받았다는 뜻입니다.
다시 말하면 물의 도움을 받았다는 말입니다.
바로 이런 상황을 두고 뜨는 힘,
즉 '부력(浮力)'이라고 합니다.
'기체나 액체 속에 있는 물체가 그 표면에 작용하는
압력에 의해서 중력에 반대되는 위쪽으로 뜨는 힘.
혹은 아래에서 위로 떠올려 주는 힘'이 부력입니다.
생각해 보니 우리 몸도 그렇습니다.
땅 위에서는 절대로 그럴 수 없으면서
물속에 들어가면 부력에 의해 뜨는 현상이 생깁니다.
물에게 도움을 청하면 내가 가진 것보다
몇 배 큰 힘이 생긴다는 것. 참 놀라운 일입니다.
우리의 가슴 저 밑바닥에도 위쪽으로 향하는 힘,
부력이 있을 것 같다고, 잠시 혼자 생각에 잠겨 봅니다.
그래서 때로 나도 몰랐던 초인적인 힘이
발휘되는 것은 아닐까.

혼자서 끙끙 앓고 있던 문제를
가까운 누군가에게 털어놓은 뒤
순식간에 개운하게 풀어냈던 적이 있습니다.

도움을 청하는 일은 부끄러운 게 아닙니다.
도움을 청한다는 것은
내 안의 부력을 키워서 잘해내고 싶다는 뜻도 되니까.

잘 떠나보내는 지혜

'시간이 되면 책을 떠나보낼 줄 알아야 한다.'
공간 정리 컨설턴트인 캐런 킹스턴은 이렇게 말합니다.
지나치게 얽매이지 않기 위한 방법입니다.

캐런 킹스턴의 지도를 받으면서 슬슬 책 정리를 시작해 봅니다.
가장 먼저, 오래 전부터 꽂혀 있었지만 한 번도 펼쳐 본 적이 없는
요리책. 다음은 교과서나 서적처럼
최근 몇 년 동안 손에 댄 적도 없는 책들.
더 이상 읽지 않는 어린이용 그림책과 동화책들.
애초부터 읽고 싶지 않았거나, 끝까지 읽고 싶지 않은 소설책들.
너무 높은 곳에 꽂혀 있어서 수십 년 동안 쳐다보지도 않았던 책들.
너무 오래되어 빛바랜 책들.
그리고 수년 전에 매우 감명 깊게 읽었지만
더 이상 읽을 필요가 없는 책들.
바로 이런 순서대로 버립니다.
그럼에도 불구하고 마음 한구석에 어쩐지 미련이 남는 책이 있다?
그럼 그것들은 잠시 '딜레마 상자'에 넣어 둡니다.
캐런 킹스턴은 '아무 것도 못 버리는 사람'이라는 책에서
이렇게 이야기하고 있습니다.

딜레마 상자를 만들어서 미련이 남아 버리지
하는 것들을 넣어 두고,
1개월 후, 6개월 후, 1년 후… 이렇게 기한을 설정한 다음,
만약 그 기한이 끝났는데도 내가 그 안에 무엇을 넣었는지
기억조차 나지 않는다면 이제 그 물건들은 더 이상
나에게 필요하지 않다는 뜻이랍니다.
그게 무엇이든 그것들 없이도 내 인생은
아무 문제없이 여기까지 왔기 때문입니다.
참… 맞는 말입니다.

이제는 내 마음속에도 딜레마 상자 하나쯤 품어 볼 때입니다.
미련이 남아서, 차마 버릴 수 없는 정, 미움, 그리움 같은 것들은
차곡차곡 개어서 어딘가 깊숙이 넣어 두는 겁니다.
그리고 일정한 시간이 지난 후에 다시 돌이켜보는 겁니다.
그쯤 되면 덧없는 마음들을 죄다 내버릴 수 있을 테니까.

지금이 아니면 벗어던질 수 없습니다.

지금 하지 않으면 아무 것도 끊어낼 수 없습니다.

바로 지금이 나를 옭아매는 그 모든 함정에서 탈출할 수 있는 순간입니다.

한 고비 또 한 고비

한여름, 퍼붓던 소나기를 견뎌내고 꼭지부터
서서히 붉어 가고 있는 감.
이제 무르익을 날만 남은 줄 알았더니 또 한 고비,
태풍이 기다리고 있었습니다.

무슨 일이든 고비가 있습니다.
한 고비 넘으면 또 한 고비.
이젠 정말 힘든 고비를 다 넘겼다고 생각할 때
또 한 차례 찾아드는 정말 견디기 어려운 고비가 있는 것입니다.
다 넘었다고 방심했다가는
애써 지은 밥에 코 빠뜨리는 격이 되고 맙니다.
소나기도 이기고, 태풍도 이기면서 기어이 붉어졌을 감처럼
그렇게 견뎌낼 수밖에 없습니다.
바람과 동무하고, 비와 가족이 되면서 붉어진 감처럼
한 고비 또 한 고비, 고난과 벗하면서 함께 갈 수밖에 없습니다.
왜냐하면 아직은 떨어져서는 안 되니까.
무르익을 때를 기다려야 하니까.

한 고비 또 한 고비, 수많은 고비들을 넘길 때마다
인생의 면역력이 키워집니다.
그러니까 그 모든 고비는 사는 힘을 키워 주는 비타민 같은 것입니다.

살다, 보내다, 지내다

'살다'라는 말은 생을 이어 가기 위해 지탱해 가는 것이고,
'보내다'라는 말은 시간을 그저 흘러가게 두는 것이며,
'지내다'라는 말은 어떤 경우든 적절히 처러 넘기는 것을 의미합니다.

오늘 하루를 산다.
오늘 하루를 보낸다.
오늘 하루를 지낸다.
언뜻 들기에는 모두 다 같은 의미를 지닌 말 같지만,
실은 조금씩 차이가 있습니다.
오늘 하루를…
잘 살았나요?
그저 보냈나요?
아니면 애써 지냈나요?

하루를 보내면 '오늘 하루도 잘 살았다'라고

나를 격려할 수 있어야 합니다.

그렇게 보낼 수밖에 없었거나,

어쩔 수 없어서 그렇게 지냈다고 해도

그래도 오늘 하루 애써 살아낸 나를

칭찬해 주어야만 합니다.

그러나 다시, 기적처럼 오는 것

거대한 화산이 폭발하면서 모든 것을 쓸어가 버린 섬.
과학자들은 단호한 목소리로 말했습니다.
이제 이 섬에서는 그 무엇도 살 수 없다고. 죽음의 섬이 되었다고.
그러나 그 예측은 빗나갔습니다.
3년 후 새싹이 돋아나는가 싶더니,
불과 40년 만에 찬란하던 그 숲의 모습을 되찾았습니다.
모든 것이 죽어 버린 그 섬을
다시 생명체가 사는 무성한 밀림으로 만든 것은
새와 바람 그리고 바닷물이었습니다.
새들이 날면서, 바람이 불면서, 바다가 흐르면서
생명의 에너지를 실어나르기 시작한 것입니다.
존재감조차 느낄 수 없었던 작은 새들로 인해,
혹은 전혀 기대하지 않았던 바람과 물의 도움으로 되살아난 숲은
이전보다 더 찬란하고 울창한 자태를 뿜어내기 시작했습니다.
포기와 좌절만 남아 죽음 직전이 되어 버린 마음에서
다시 푸른 나무가 자라게 하는 일.

1883년, 크라카타오 섬은 화산 폭발로 죽음의 섬이 되었습니다.
화산재로 뒤덮여 생명체가 살 수 없는 섬이 되었습니다.
하지만 3년이 지난 후 풀이 돋기 시작했고,
15년이 지나자 숲을 이뤘으며, 40년이 지나자
다시 아름답고 무성한 밀림이 되었습니다.

어쩌면 그것은 예상치도 못했던 작은 씨앗 하나에서
비롯될지도 모릅니다.
희망의 싹 하나만 발견한다면 숲이 되는 것은 머지않은 일입니다.
더 이상 희망은 없다는 못난 마음만 버린다면
언제든지 다시, 손톱만한 싹이 자라날 수 있습니다.
싹 틀 자리를 만들어 주어야 숲으로 키울 수도 있는 것입니다.

길을 물으면 언제나 '몇 발자국만 가면 된다'고
선선히 알려 주는 민족이 있습니다.
아주 먼 거리라고 해도 똑같이 말한다고 합니다.
사실은 그 '몇 발자국'을 떼는 일이 가장 어려운 법.
떼고 나면 언젠가는 당도할 수 있으니까.
단 하나의 싹이 트기 시작하면 숲이 될 희망이 머지않은 것처럼!

사라진 것이 아니야, 다만 가려져 있을 뿐

「제아무리 어둠이 진해도 강은 거기 있다.
분명한 존재는 어둠으로 사라지지 않는다.
다만 가려 있을 뿐이다. 이 세상엔 보이는 것보다
가려 있는 것이 더 많다.
진실도, 사랑도, 감추어져 있는 것이 더 많으리라.」

어둠에 덮인 강. 내 눈에 그 강이

보이지 않는다고 해서 강이 사라진 것은 아닙니다.

아침 하늘에서 달을 볼 수 없는 것도

다만 보이지 않기 때문입니다.

없는 것이 아니라 가려져 있어서

보이지 않는 것들이 너무 많다고,

그러니 인생은 절망적이지 않다고,

시급한 것은 더 아름답게 눈뜨는 힘을 길러서

가려진 것을 보는 지혜를 배우는 일이라고….

작가 신달자는 언젠가,

자신의 에세이집을 통해 이렇게 고백했습니다.

'앞이 보이지 않는다'고 말하는 것도 다르지 않습니다.

보이지 않는 것이 아니라, 보지 못하고 있을 뿐입니다.

앞날이 없는 삶이 어디 있을까.

누구에게나 가야 할 길이 있게 마련인 것을.

그것이 흙길이든, 돌길이든, 혹은 비단길이든 말입니다.

그렇다면 정말 해선 안 되는 일이란 지레 포기하는 것이 아닐까.

잿더미 속에서도 꺼져 가는 불씨 하나쯤 찾을 수 있습니다.

그 불씨를 되살려낼 수만 있다면 다시, 불꽃을 피울 수 있습니다.

오늘이 꼭 그런 날이었으면 좋겠습니다.

보이지 않는다고 눈 감아 버렸던 모든 일들을

다시 들추고, 찾아내고, 바라보는 눈을 키우는 날.

그런 날….

반짝이는 별이 밤에만 존재하는 것은 아닙니다.
다만 밤이 되면 비로소 반짝이게 되는 것, 그뿐입니다.

지금, 반짝이지 않는다고 해도 모든 것은 언제나 그 자리에 있습니다.

그것을 반짝이게 만드는 게 바로 당신이 해야 할 일입니다.

다시 하면 되잖아요

「가을 하늘 파란 도화지에 구름 색연필로 그림을 그립니다.
구름으로 그리는 엄마 얼굴
구름으로 그리는 아빠 얼굴
가을바람 살랑 와서 구름 엄마 구름 아빠 데려가도 괜찮아요.
또 그리면 되잖아요.」

초등학생이 쓴 「가을 하늘」이라는 동시를 읽었습니다.
구름 색연필로 아빠 얼굴, 엄마 얼굴을 그리는 아이의 마음이
순하게, 곱게, 마음을 수놓았습니다.
그 중에서도 '또 그리면 되잖아요'라는
마지막 구절이 유독 마음에 와 닿았습니다.
뜻하는 대로 되지 않아서 수시로 상처를 받으며 사는 우리는
이 어린 아이의 마음을 닮아도 좋겠습니다.
다시 하면 되잖아요.
다시 시작하면 되잖아요.
또 다시 만나면 되는 거잖아요.
다시 누군가를 만나면 된다고,
다시 무언가를 시작하면 된다고 마음 다잡을 수만 있다면
먹구름처럼 마음 뒤덮고 있는 슬픔도 옅어지고,
암흑 같은 좌절도 사라질 것 같습니다.

지금 마음속에 품고 있는 슬픔과 우울, 절망과 상처들은
지우개로 얼마든지 지울 수 있는 한 장의 그림에 불과합니다.

쪽빛, 그 찬란한 빛깔은 한 번에 얻을 수 없습니다.
최소한 20번 정도는 반복해서 염색해야 얻을 수 있는 색입니다.
쪽빛 하나에도 그런 수고가 필요한데, 꿈을 이루는 데는
또 얼마나 길고 지루한 수고의 과정들이 필요할까.
한두 번 해보고 난 뒤 '이건 아니야!'라고 단정 짓는다는 것은
내 인생을 쪽빛으로 물들일 자격이 없다는 뜻입니다.

오늘은 내 마음 속의 먼지 앉은 서랍을 뒤져볼까.
잘못 그린 그림들을 감쪽같이 지울 수 있는
마법의 지우개 하나쯤 분명히 찾을 수 있을 테니까.

예측의 즐거움

아침에 차맛이 좋으면 날씨가 맑습니다.
물고기가 물 위에 입을 내놓고 호흡하면 비가 올 가능성이 높습니다.
새벽안개가 짙으면 맑을 확률이 높고,
별빛이 유난히 깜박거리면 센 바람이 붑니다.

아침에 차맛이 좋으면 날씨가 맑은 까닭?

맑은 날에는 기온이나 습도가 높지 않아서

따끈한 차맛이 한결 좋게 느껴지기 때문입니다.

그렇다면 물고기가 물 위에 입을 내놓고 숨을 쉬는 날

비가 올 가능성이 높은 까닭?

그것은 저기압이 다가와 물속에 영향을 미치기 때문입니다.

별빛이 유난히 깜박거리면 곧 센 바람이 부는 까닭은?

별빛이 흔들리는 이유가 이미 하늘에서

강한 바람이 불고 있기 때문입니다.

허리가 쑤시는 걸 보니 비가 올 모양이라고,

굳이 우산을 들려 학교에 보내던 엄마의 예측도

언제나 적중 확률이 높았던 예측 중의 하나입니다.

작은 현상 하나하나에도 이렇듯 까닭이 있듯이

우연이라고 여겼던 모든 일들에게도

그럴 만한 이유가 있었던 것은 아니었을까?

기분 좋은 우연도, 기분 상하는 우연이라고 해도

충분히 그럴 만한 이유가 있었다고 고개 끄덕여 준다면

오해하느라 피곤해지는 소소한 일들에서 벗어날 수 있지 않을까?

그렇지 않을까?

달콤한 것을 조심해

칠흑 같은 밤바다가 마치 야시장이 선 듯 불야성입니다.

바다로, 바다로… 몰려가면서

집어등을 환히 켜놓은 오징어잡이 배들 때문입니다.

낮에는 깊은 물속으로 찾아들었다가

밤이 되면 수심이 얕은 곳으로 비상하는 오징어들은

빛을 쫓아다니는 주광성 연체동물입니다.

오징어의 성질을 누구보다 잘 아는 오징어잡이 배들은

밤만 되면 휘영청 밝은 집어등을 내걸고 바다로 떠납니다.

그리곤 불빛에 현혹되어 순진하게 달려드는 오징어들을

잡아 올립니다.

언제나 번번이 불빛의 찬란함에 현혹되는 오징어들은 알까?

그 불빛이 자신의 발목을 옭아맬 덫이라는 것을.

알면서도 어쩔 수 없이 이끌리는 것인지,

아니면 좋아하는 것이기 때문에 아무 것도 따지지 않은 채

어두운 밤바다에 집어등이 환하게 켜 있습니다.
그 불빛이 자신을 옭아맬 밑밥이라는 것을 아는지, 모르는지…
선한 오징어 떼가 불빛을 따라 모여듭니다.
잡힐 것을 뻔히 알면서도,
화려한 불빛의 유혹을 거부할 수 없는 것은 아닌지.

무작정 믿고 따르는 것인지….
오징어의 속마음이 궁금했던 적이 있었습니다.
그러다 문득, 한 가지 생각에 마음이 닿았습니다.
가장 달콤한 것일수록 가장 치명적일 수도 있다는 사실을.
설마 그 사람이,
설마 그 회사가,
설마 그 부푼 희망이,
어떻게 저들이 내게 그럴 수 있을까!
이렇게 생각하게 만들었던 것들은
언제나 내가 가장 좋아하는 것들이었으니까.
좋으면 무작정 믿게 되는 그 마음을
대체 어떻게 조심해야 한다는 것인지.
그러고 보니 오징어의 마음을 모를 것도 없겠습니다.

지금 이 순간은 두 번 다시 오지 않는다

인생이라는 것은 순간순간이 만남을 의미한다.
그러나 그 시간은 두 번 다시 반복할 수 없으며
이 유일한 인생은 우리에게 단 하나뿐인 것이다.

꼭 지금이 아니어도 괜찮습니다.

반드시 오늘이 아니어도 괜찮습니다.

왜냐하면 우리에게는 가까운 미래가 얼마든지 있으니까.

잠시 후, 오늘 밤, 내일 아침, 혹은 다음 주….

하지만 숨 쉬는 일을 미룰 수 없듯이

지금 해야만 하는 일들이 있게 마련입니다.

인생이란 작은 초대와 같은 것.

그 초대는 두 번 다시 되풀이 되는 일이 없다고,

독일의 작가 한스 카로사(Hans Carossa)는

만남의 소중한 의미를 이야기하고 있습니다.

지금, 얼마나 새로운 시간과 만나는가.

지금 어떤 새로운 사람을 만나고,

또 어떤 새로운 물건을 만나는가.

새로운 책, 새로운 일, 새로운 장소, 새로운 희망들….

어제와는 다른 새로운 만남으로 지금 이 순간을 엮어 간다면

내 인생의 빛깔이 한결 다채롭게 칠해질 수 있습니다.

오늘이 아니어도 괜찮지만 미루지는 말아야 합니다.

보고 싶은 사람, 도전해 보고 싶은 일, 가보고 싶은 곳들.

그 모든 만남은 지금 시도해야만 빛을 발하는 것들입니다.

누군가가 관심을 갖고 지켜보면
더 분발하게 되는 심리를 두고,
'호손효과(Hawthrone effect)'라고 합니다.
어제와는 다른 새로운 관심으로 들여다보면
똑같은 시간, 똑같은 사람,
똑같은 일상의 모든 일들도
한결 더 분발하게 마련입니다.

마음에 툭 떨어지는 생각들

'어느새 또 한 달이 흘렀구나.'
잠시 걸음을 멈추고 지난 한 달을 돌아봅니다.
방향은 맞게 걸어왔는지, 한 달이나 걸었는데
그 거리가 너무 짧은 건 아닌지,
그 길에서 나는 누구를 만났는지…
생각이 꼬리를 물고 자꾸만 깊어졌습니다.

철학자 존 로크라(John Locke)는 이런 얘길 했습니다.

'찾지도 않았는데 찾아오는 생각들,

그러니까 마음속에 툭 떨어지는 생각들이

우리가 가진 것 중에서 가장 소중한 것일 때가 종종 있다.'

'찾지도 않은 생각들이 마음속에 툭 떨어질 때'라는 말이

참 많은 생각을 하게 만들었습니다.

건성으로 혹은 골똘히,

기쁜 마음으로 혹은 마지못해서,

미래를 위해 혹은 급한 불을 끄기 위해…

사실은 너무나 많은 생각을 하면서 살아가고 있으니까.

그런데 어느 날, 생각지도 않게 찾아온 생각 하나가

모든 문제들을 개운하게 풀어 주는 해답이 될 수도 있다는 말.

그 말이 어둡던 마음으로 들어와 불을 밝혀 준 것입니다.

너무 깊지는 않게 그러나 찬찬히,

해답을 구하려 하기보다는 그저 살피는 마음으로,

지난 일 년,

지난 한 달,

지난 일주일,

그리고 어제….

나는 무엇을 했고, 어떤 일에 기뻐했으며, 무엇 때문에 슬펐는지

그리고 그 시간 동안 누구를 만났는지

틈틈이, 덤덤히 돌아봅니다.

그러다 툭 떨어진 어떤 생각 하나가

'내게 있어 가장 소중한 생각'으로 자리매김하기를 기대하면서.

마음먹고 생각할 때는 잘 떠오르지 않더니
무심히 비워졌을 때 거짓말처럼 툭,
좋은 생각이 찾아오기도 합니다.
반가운 손님처럼 찾아온 그 생각 덕분에
또 이렇게 사뿐사뿐 '오늘'을 삽니다.

인생 방정식

풀기 어려운 식은 잘 세워 놓고도 그만,

사칙연산에서 실수를 하는 바람에

아까운 문제 하나를 놓칠 때가 있습니다.

덧셈, 뺄셈, 곱셈, 나눗셈.

초등학생들도 다 풀 줄 아는 그 쉬운 문제들을 놓치게 되는 것은

몰라서가 아니라 허투루 여기는 까닭입니다.

너무 쉬워서 무시하다 그만, 뒷덜미를 잡히고 마는 겁니다.

살면서 저지르는 실수 중에는

절대로 실수할 이유가 없는 가벼운 문제들인 경우가 많습니다.

그야말로 생각지도 못했던 복병을 만나는 것입니다.

인생 방정식도 다르지 않습니다.

사칙연산에서만 실수하지 않아도

제법 성공적인 결과를 얻을 수가 있습니다.

다시 한 번 인생 방정식을 풀어 봅니다.

꿈은 하나 더하기 하나, 덧셈으로 키워 가는 것,

슬픔은 둘 빼기 하나, 뺄셈으로 지워 가고,

희망은 둘 곱하기 둘, 곱셈으로 늘려 가야 살맛이 납니다.

수학 문제를 풀고 있습니다. 분명 식을 맞게 세우고
풀어 나갔는데도 답이 틀립니다.
다시 살펴보니 중간쯤, 덧셈이 틀려 있었습니다.
이 사소한 실수 때문에 뒤쪽의 계산도
쭉 틀려 버렸습니다.

그리고 사랑은…
너와 나의 마음을 나눗셈으로 풀어 가야 합니다.
그래야만 이기심도, 질투도, 헛된 욕심도 버릴 수가 있습니다.
다 알면서 실수하지 않기 위해서는
돌다리도 두드려 보고 건널 필요가 있다는 것.
오늘은 조금 겸허하게,
사칙연산의 가벼운 진리로 인생을 생각해 봅니다.

「세상의 모든 일에 대해 알 수 있으면서도
갈수록 모를 것은 나 자신이다.」
괴테(Goethe, Johann Wolfgang Von)가 이런 말을 했습니다.
더하고, 빼고, 곱하고, 나누면서 내가 진정으로
원하는 것들을 찾아내는 일.
나 자신에 대해 더 자세히 알고 싶은 순간에도
사칙연산을 적용해 봅니다.

다시 일어선다는 것

오래 먹으면 장수하고, 머리카락이 희어지는 것을 막는다고 해서
'장명채'라고도 불리는 아삭한 나물, 쇠비름.
가을을 재촉하는 비가 내릴 즈음이면 쇠비름이 생각납니다.
이름만 들어도 충분히, 질긴 생명력이 느껴지는 쇠비름은
비만 오고 나면 마치 콩밭을 덮어 버릴 기세로 무성해집니다.
뽑아도 죽지 않고, 뿌리 채로 뽑아서 던져 놓아도
그 줄기에 달려 있는 씨앗은 성장을 멈추지 않는다고 합니다.
생명을 잃은 듯 보이다가도
비 한 번만 내리면 다시 살아난다는 쇠비름에게
'스스로 다시 일어서는 힘'을 배우고 싶어집니다.

요즘 너무 약해진 나를 느낍니다.
작은 생채기 하나도 아물 틈 없이 또 상처를 받고,
누군가 사소한 한 마디만 던져도 이내 시들시들 말라 버리는 나.

뿌리째 뽑아 흙을 털어 내고 바위 위에 올려 두어도
비만 한 번 내리면 살아납니다.
날씨가 가물어도 상관없습니다.
아니 오히려 가물수록 더 싱싱하게 살아납니다.
이 놀라운 아이는 다름 아닌 쇠비름입니다.

그럴 것 없다고 마음을 다독여 보지만
뿌리 채로 뽑혀도 씨앗의 성장이 멈추지 않는다는
쇠비름의 기세와는 비교할 수 없이 자꾸 나약해지는 나.
나를 일으켜 세울 수 있는 것은 오직 나밖에 없다는 사실을
내 마음속에 하나의 스위치처럼 아로새겨 두고,
약해질 때마다 찰칵, 불 밝혀 보렵니다.

찰칵, 오늘은 내가 실수했지만 괜찮아.
같은 실수는 반복하지 않을 거야.
찰칵, 오늘은 누군가 내게 상처를 주었지만 괜찮아.
약 바르면 되니까.
찰칵, 오늘도 실패하고 실망했지만 괜찮아. 다시 하면 되잖아.
마음의 방에 찰칵, 불이 들어오는 소리가 참 좋습니다.

딱 그만큼만 살아

그리 대단할 것도 없어 보이는 감나무에
놀라운 비밀이 숨겨져 있습니다.
사실은 들여다보면 누구나 감나무처럼…
대단한 비밀들을 품고 있게 마련입니다.

'감나무 가지는 결코 다른 가지가 뻗어 가는 쪽으로
같이 다투어 가는 일이 없고,
가지끼리 부딪치지 않는다. 감나무 가지를 살펴보면
쪽 곧게만 뻗어 있는 것이 없이 구불구불하다.
세상에 이토록 아름답게 하늘을 채우고 있는 감나무를
가만히 쳐다보면 나무의 성자라는 생각이 든다.'
아동문학가 이오덕 선생이 예찬한 감나무.
감나무는 예로부터 열매에서 잎, 줄기에 이르기까지
버릴 것이 하나도 없는 덕 있는 나무로 여겨져 왔습니다.
이를 가리켜 '오상오절'이라 합니다.
이렇게 극찬 받고 있는 감나무를 조금만 더 들여다봅니다.
'오절(五節)'이란 이렇습니다.
몇 백 년을 사는 장수의 나무,
새가 둥지를 틀지 않는 무조소의 나무,
벌레가 꾀질 않으니 무충의 나무,
열매의 달기가 그보다 더한 것이 없으니 가실의 나무,
그러면서 단단하기도 하니 목견의 나무,

이렇게 다섯 가지의 뜻을 품고 있습니다.

'오상(五常)'이란 문·무·충·효·절,

이렇게 다섯 가지의 뜻을 품은 말입니다.

감나무 단풍잎은 먹을 잘 빨아들이는 운치 있는 종이로

'시엽지'라 했으니 문의 나무,

나무가 단단해 화살촉으로 사용할 수 있으니 무의 나무,

겉과 속이 같이 붉어 표리부동하지 않으니 충의 나무,

열매가 부드러워 노인도 부담 없이 먹을 수 있으니 효의 나무,

서리를 이기고 늦가을까지 버티고 있으니 절의 나무.

이토록 드라마틱한 칭송을 받고 있는 나무가 바로 감나무입니다.

그런가 하면 감나무는 다섯 가지 색도 지니고 있습니다.

나무가 검으니 흑색,

잎이 푸르니 청색,

꽃은 노란 황색,

열매가 붉으니 적색,

말린 곶감에 흰 가루가 나니 백색.

이렇게 오색을 지닌 나무가 바로 감나무입니다.

오색과 오상오절의 덕 있는 나무.

대체 감나무 하나에 이토록 귀한 덕이 숨어 있었다는 걸

나는 왜 모르고 있었던 것일까.

깊은 가을, 마치 자식인 듯 주렁주렁 감을 달고 서 있는

감나무를 보며 마음 가득 이런 구절을 새겨 넣습니다.

'부디 감나무만큼만 살자!'

숨겨진 이야기들

하나의 사건에는 늘 그 뒷이야기가 있게 마련입니다.

그 한 예로 1945년 8월 15일. 광복의 기쁨, 그 뒷이야기를 꺼내 봅니다.

일본이 무조건 항복한 그 이면에는 원자폭탄 투하라는 끔찍한 사건이 있었습니다.

1945년 8월 6일. 일본 히로시마 상공에는 일명

'홀쭉이'라고 불리는 원자폭탄이 떨어졌습니다.

14만 명의 목숨을 순식간에 앗아간 사건이었습니다.

사흘 뒤, 8월 9일에는 일명 '뚱뚱이'라고 불리는 원자폭탄이

나가사키에 투하되어 또 다시 7만 명의 목숨을 앗아갔습니다.

일본은 무조건 항복했습니다.

그런데 사실, 일본의 무조건 항복 뒤에는

'맨해튼 계획'이라는 게 있었습니다.

'맨해튼 계획'이란 원자폭탄 개발 계획.

미국은 1941년 12월, 진주만이 공습을 당하자

원자폭탄 실험에 소극적이었던 자세를 바꿉니다.

그리고 다음해 8월, 맨해튼 계획을 승인합니다.

이 계획이 아니었다면 일본을 공격할 수 없었을 거고,

일본의 항복도 없었을 것입니다.

그런데 사실, 이 맨해튼 계획 뒤에는

아인슈타인(Albert Einstein)의 편지가 있었습니다.

6년 전인 1939년, 아인슈타인은 루스벨트 대통령에게 편지를 썼습니다.

'히틀러보다 미국이 먼저 핵폭탄을 개발해야 한다'고.

이 편지는 그해 10월에 대통령에게 전해졌고,

2년 뒤 맨해튼 계획을 승인하는데 결정적인 역할을 했습니다.

그런데 사실, 아인슈타인의 편지 뒤에는

질라드(Szilard, Leo)라는 인물이 있었습니다.

헝가리 출신의 독일 물리학자인 질라드는

아인슈타인과 깊은 친분이 있었습니다.

아인슈타인을 만나기 위해 미국까지 찾아온 그는

'미국이 독일보다 원자폭탄을 먼저 개발해야 한다'고 말하면서

그런 내용의 편지를 대통령에게 써 달라고 부탁했기 때문입니다.

당시 질라드는 독일이 원자폭탄을 개발할 것이라고

확신하고 있었습니다.

그래서 이를 저지하기 위해 아인슈타인을 찾아갔던 것입니다.

알고 보니 독일의 원자폭탄 개발을 저지하기 위해 시작된

한 사람의 뜻이 미국의 원자폭탄 개발을 가속화 시키고,

일본에 원자폭탄을 투하하게 하며,

일본을 무조건 항복시키고,

우리에게 1945년 8월 15일을 선물한 것입니다.

「바윗돌 깨뜨려 돌덩이, 돌덩이 깨뜨려 돌멩이

돌멩이 깨뜨려 자갈돌, 자갈돌 깨뜨려 모래알…」

왜 자꾸만 이 노랫말이 떠오를까.

결과를 받아들이는 데 급급해서 미처 몰랐던 이야기.

깨뜨려 보면 그 안에 숱하게 많은 저마다의 역사가 있다는 것을

생각하게 만드는 이야기들입니다.

위대한 선물

『북회귀선』을 쓴 미국의 소설가 헨리 밀러(Henry Miller)는
깊은 관심만큼 위대한 선물은 없다고 말했습니다.
누군가가 나에게 관심을 기울일 때,
그때까지 전혀 드러나지 않았던 나의 모습,
나조차 모르고 있던 나의 잠재된 모습이 발견된다고 했습니다.
한 잎의 풀,
한 마리의 작은 벌레조차도
누군가로부터 깊은 관심을 받기 시작하면
경이롭고 장엄한 세계를 보여 준다고 하였습니다.
나의 부모님이,
존경하는 선생님이,
가까운 벗이나 동료가,
매일 만나는 직장 상사가,
그리고 사랑하는 연인이…

「우리가 어떤 것에 깊이 관심을 기울이는 순간,
비록 그것이 한 잎의 풀이라도
그 자체로 신비롭고 경이롭고 형언할 수 없는
장엄한 세계가 펼쳐진다.」

모두의 뜨거운 관심이 숨어 있던 '나'를
세상 밖으로 당당히 꺼내 놓게 하고,
또 더욱 발전시키게 만든다는 것입니다.
그래서 관심을 받으면 받을수록
점점 더 '괜찮은 사람'이 되어 가는 것입니다.
관심을 주고, 관심을 받는다는 것.
그동안 잘 몰랐던,
놀랍도록 경이로운 세계를 주고받는 일이었습니다.

집안 한 귀퉁이에 오래도록 놓여 있던 살림 하나.
버릴까 말까 망설이던 그 살림도 관심을 갖고 찾아보면
무언가 귀한 쓰임새가 있게 마련입니다.
관심이란 그런 것.
흔한 사물 하나에게도 가치를 부여하는 위대한 선물입니다.

길 위에서 길을 잃다

'길'이란 말에는 여덟 가지의 다른 의미가 담겨 있습니다.
어디론가 갈 수 있는 길, 거리를 나타내는 길,
거치는 과정을 의미하는 길, 일이나 생활의 방향을 의미하는 길,
도리나 의무를 가리키는 길, 방법이나 수단을 말할 때의 길,
어떤 분야나 그 방면을 표현할 때의 길,
그리고 기회나 처지를 표현할 때도 우리는 '길'이라는 말을 쓰곤 합니다.

'길'이라는 단어 하나에도 이렇게 여러 갈래의 길이 있습니다.
그러고 보면 길의 의미는 '인생'이라는 말과
가까이 닿아 있는 것 같습니다.
내 앞에 놓여 있는 다양한 의미의 '길'이라는 존재 때문에
때론 밤잠을 이루지 못하고,
때론 죽고 싶을 만큼 고통스러워하고,
때론 좌절과 절망으로 가슴을 치며 통곡하게 되고,
때론 길을 앞에 두고도 보지 못하거나 가지 못하는…
한없는 어리석음에 답답해하거나 눈물을 흘리기도 합니다.
'어디만큼 왔나.' 지꾸만 돌아보면서 가슴을 쓸어내리는 겁니다.
책을 읽을 때도 그렇습니다.
맨 마지막 장까지 얼마나 남았나를 보게 되는 게 아니라,
지금까지 몇 장이나 읽었나, 하면서 손때 묻은 책장을
넘겨보게 됩니다.

문득 이런 생각을 해 보게 됐습니다.

나아갈 수 있는 수많은 길이 보이기 시작할 때는

나에게 길이란 오직 한 길 밖에 없다, 라고 생각해야 한다는 것.

그러나 아예 길이 보이지 않고 막막하기만 할 때는

길에는 수많은 길이 있다, 라고 생각하자고 말입니다.

이 길, 저 길을 넘보지 않고 오직 한 길만을 따라 걷는 일도,

그 길이 아닐 때 절망에 빠지지 않고 다른 길을 찾아내는 일도,

삶에서는 꼭 필요한 일이 아닐 수 없습니다.

'길'이라는 단어 하나에 이토록 다양한 뜻이 담겨 있는 것도

그 때문은 아닐까?

어차피 길 떠나는 인생이라면 결과는 오직 한 길밖에 없겠지만,

그럼에도 불구하고 다양한 기회를 주기 위해서

수많은 길을 열어 놓은 것… 바로 이것.

내 눈은 가짜

지금 당신이 보고 있는 것은 어쩌면
진실이 아닐지도 모릅니다. 가짜인지도 모릅니다.
가짜를 보고 믿게 하는 건…
당신의 눈이, 마음이 그것만 보고 싶기 때문입니다.

고양이의 눈은 어둠 속에서 빛이 납니다.
주로 밤에 활동하는 야행성 동물인 고양이는
밤의 희미한 빛으로는 잘 볼 수 없기 때문에
자기 눈에 받아들였던 빛을 모아 다시 한 번 쏘아 보냅니다.
이때 흡수되지 못하고 반사되는 빛 때문에 어둠 속에서
빛이 나는 것입니다.
그래서 야행성 동물들은 색이나 형태보다는
움직임에 민감한 시력을 가지고 있습니다.
놀라운 후각과 청각을 지닌 개는 시각이 매우 안 좋습니다.
게다가 완전한 색맹이어서 개가 보는 세상은
오래된 흑백 TV 화면 같습니다.
반면 원숭이들은 놀라운 색채 감각을 갖고 있습니다.
멀리 있는 열매가 무르익었는지 아닌지,
나뭇잎이 싱싱한지 아닌지를 알아낼 수 있을 정도로
색채 감각이 놀랍습니다.
그런가 하면 지렁이는 눈이 없습니다.

시세포를 갖고 있어서 밝기의 미묘한 변화까지도
손쉽게 감지해냅니다.

뱀은 사람이 볼 수 없는 세상을 바라봅니다.
가시광선의 붉은색 바깥쪽에 있는 적외선을 감지하기 때문입니다.
이는 적외선 투시 카메라와 같다고 보면 됩니다.

대부분의 곤충은 2개의 겹눈과 3개의 홑눈이 있는데
겹눈은 육각형의 수많은 낱눈들로 이루어져
모든 것이 벌집처럼 보인다고 합니다.
그 눈으로 세상을 모자이크처럼 바라보는 것입니다.
따라서 해상도는 떨어지지만 모자이크 세상에서는
물체의 움직임이 더욱 과장돼 보이기 때문에
그 어떤 움직임도 놓치지 않는다는 장점이 있습니다.

이렇듯 동물이나 곤충이 바라보는 세상은
사람이 바라보는 세상과는 확실히 다릅니다.
바라보는 눈이 다르기 때문입니다.
눈은 각각의 동물이 사는 환경에 가장 적합한 형태로
발달되어 있습니다.
그렇기 때문에 저마다 자기에게 필요한 것만 보게 되는 겁니다.

내가 보고 있는 것이 세상의 전부는 아닙니다.
사는 데 꼭 필요한 것만 보이고, 또 그것들만
보고 싶어 하는 눈입니다.
동물이나 사람이나 원하는 것을 보고자 하는 마음은
다 같습니다.

인생이란 한 장의 시험지

인생이란 한 장의 시험지… 무엇을 쓸까.
그 많은 시간을 덧없이 보내고 치르는 시험은 항상 당일치기다.

'무엇을 쓸까' 라는 시가 있습니다.
이 시를 쓴 오세영 시인은 인생이란 한 장의 시험지와 같고,
우린 늘 그 답지를 메우지 못한 채 시간만 흘려보내고 있다고 합니다.
진실이란 과목의 답지도, 사랑이란 과목의 답지도
언제나 텅 비어 있다고 했습니다.
가끔은 '이게 정답이 아닐까?'
골똘히 생각해 보게 되는 것들이 있습니다.
진실이란 이런 게 아닐까?
사랑이란 혹시 이런 게 아닐까?
알 듯 말 듯한 답이라도 한 줄 끼적거릴 수 있는 날.
오늘이 그런 날이었으면 좋겠습니다.

날마다 하얀 스케치북 한 장씩 주어지는 날들입니다.
스케치하고, 색을 입히듯 그렇게 채워 나가면 그만입니다.
잘못 그린 밑그림은 수정하면 되니까,
잘못 완성한 그림이 있지만 내일 다시 그리면 되니까…
주저하지 말아야 합니다.
마음껏 '오늘'을 그려 보는 일에서는.

등불 아래서는 볼 수 없어요

바다는 순식간에 어두워졌습니다.
조류의 흐름도 바뀌고, 파도도 거세지고,
설상가상으로 달도 나오지 않았습니다.
배를 타고 있던 사람들은 몹시 당황하며
필사적으로 등불에 매달렸습니다.
그때 한 사람이 얼른 등불을 끄라고 외쳤습니다.

달도 숨은 어두운 바다.
등불 없이는 아무것도 보이지 않을 줄 알았는데
막상 등불을 끄자, 조금 전까지는 보이지 않았던 마을이
눈에 들어오기 시작했습니다.
백사장 인근의 마을에서 새어 나오는 불빛들을
희미하게나마 볼 수 있게 된 것입니다.
덕분에 사람들은 그 암흑 같은 바다에서 방향을 잡고
무사히 육지로 돌아올 수 있었습니다.
앞이 보이지 않는 그 바다 위에서처럼…
불을 켜야만 보이는 것은 아닙니다.
세상 모든 것을 등불로만 찾을 수 있는 것도 아닙니다.
때론 어둠이 더 많은 것을 보게 할 수도 있습니다.

앞이 보이지 않을 때는 가만히 눈을 감고, 어둠 속에서 길을 찾는 것이 좋습니다.

어둠을 볼 수 있게 하는 것은 더 깊은 어둠이니까.

지워져 간다

마치 물을 빨아들이는 스펀지처럼,

사람에게는 어떤 상황에 대한 놀라운 흡수 능력이 있습니다.

소리에 대해서, 빛에 대해서, 그리고 맛에 대해서…

그 어떤 상황에 대해서도 그 흡수력이 발휘됩니다.

이것은 다시 말하면 나도 모르는 사이에 그 상황에 익숙해져서

그 실체에 대해 마음이 무심해지는 상태라고 할 수 있을 것입니다.

아무리 고통스러운 상황이라고 해도 그 고통이 지속되면

견딜 만한 상태가 된다는 뜻입니다.

그 사람이 곁에 있는 것조차 모르고 살다가 떠나보내고 나면

허전해지는 것.

그 물건의 존재 가치를 잊고 살다가 버리고 나면 그리워지는 것.

매일 먹는 음식들을 다시 먹을 수 없게 되면 그때서야

간절히 원하게 되는 것.

폭포수 아래 서면 처음에는 폭포수 소리만 요란하게 들립니다.
그러나 시간이 지날수록 그 소리는 점차 작아집니다.
처음에는 그 요란한 소리가 한없이 크게만 들리더니
나도 모르는 사이 익숙해져서 어느 순간, 무심한 상태가 되기 때문입니다.

그래서 초심을 어딘가에 얌전히, 귀하게 간직해 두어야만 합니다.
첫 마음을 생각하면 첫 순간의 기쁨이 떠오르니까.
익숙해서 그만 무심해졌던 일과 사람들을 하나씩 하나씩
꺼내 봅니다.
거기서 가장 순전한 나의 마음을 만납니다.

빠르게 연주해야 하는 부분,
느리게 연주해야 하는 부분이 있는 음악처럼
일상도 그 날에 맞는 빠르기가 있지 않을까 싶습니다.
빠르되 거칠어지지 않게, 느리되 처지지 않게….
인생의 속도를 조절하기 위해 꼭 가지고 다녀야 하는 것이
초심(初心)입니다.

하고 싶은 일과 해야 하는 일

반드시 그때, 그 시각에 그 일을 하지 않는다고 해서
하늘이 두 쪽 나지는 않습니다.
다만 내가 만들어 놓은 틀 안에 나를 가두고 길들이는 것뿐.
지금 해, 늦으면 안 돼… 라고 엄포를 놓는 건
세상이 아니라, 바로 나 자신입니다.

「바람이 심하게 부는 어느 일요일 아침,
아이와 함께 바닷가로 산책을 나갔습니다.
우리는 바람을 맞으며 조가비를 주위 바다를 향해 던지고,
다시 그 조가비가 바람에 의해 되돌아오는 모습을 바라보았습니다.
사실 처음에는 그 놀이가 시시하다고 생각했지만,
점차 놀이에 빠져들자 조가비 던지기 놀이가 그날 아침의
가장 탁월한 선택처럼 느껴지기조차 했습니다.
시간은 금세 흘러 점심시간이 되었고 우리는 집으로 돌아왔습니다.
그런데 집으로 돌아와 식탁에 앉았을 때 갑자기
'왜 그렇게 재미있는 놀이를 그만두고 돌아왔을까?' 하는
생각이 들었습니다.
'점심을 먹는 일이 그토록 중요한가?'
'꼭 이렇게 시간에 얽매일 필요가 있었을까?' 같은 생각이었지요.
점심을 먹자마자 아이를 데리고 서둘러 그 바닷가로 나갔지만,
이미 모든 것은 변해 있었습니다.」

중국인들의 마음을 움직인 책 『인생백미(人生百味)』
우리에게는 '즐거움은 지혜보다 똑똑합니다'라는 이름으로
번역된 책 속에 실려 있는 이야기입니다.
'좀 더 즐길 수도, 여유를 가질 수도 있었는데
왜 그토록 걱정만 하고 살았을까?' 하고 후회하게 되었던
그 어떤 순간을 기억하게 만드는 글.
왜 그럴까?
'하고 싶은 일'은 왜 언제나
'해야만 하는 일'의 뒤편으로 밀려나는 것일까?
매일 먹는 밥, 매일 자는 잠, 매일 하는 일, 매일 쓰는 글….
어쩌다 정말 하고 싶은 일을 할 수 있는 순간이 와도
매일 하는 그 일들을 먼저 처리하느라 놓쳐 버리기
십상이었습니다.
한가해지면 꼭 하겠다고, 짬이 나면 그때 하겠다고,
뒤로 미뤄 놓은 그 일들이 어쩌면 내게는 더
중요한 일인지도 모르는데….

'우물쭈물하다가 내 이렇게 될 줄 알았지!'

수많은 사람들에게 회자되고 있는,

극작가 조지 버나드 쇼(George Bernard Shaw)의 묘비명입니다.

그럼에도 불구하고 여전히 우물쭈물하는 나란 사람!

I
My
Me
Mine

흠잡을 데 없는 과일이
어디 있고,
모자란 데 없는 사람이
어디 있겠습니까.
모르고 먹으면 꿀맛이고,
모른 채 받아 주면
사랑인 거지.
하지만 달콤할수록
벌레가 꾀는 법이니
너무 달콤한 관계라면
조심해야 합니다.
아니면 흠잡을 수 없도록
아예 두 눈을
꼭 감아 버리거나.

We
Our
Us
Ours
&

2장

나, 너, 우리! 사람과 사랑에 대하여

Love

함께 가요

「바람하고 얼마나 잘 놀게 하는가에 따라 연의 운명은 달라진다.
바람하고 다투거나 화해하지 못하면 연은 추락하기 십상이다.
더 높은 공중으로 솟구쳐 오르기 위해서 연은 바람하고 잘 사귀어야 한다.」

하늘을 나는 연의 운명은 바람과 얼마나

잘 사귀는지에 따라서 달라진다고,

시인 안도현은 '하늘에 다리를 놓는 연날리기'라는

자신의 산문을 통해 말하고 있습니다.

하늘로 날아오르려는 연에게 가장 큰 적수이자 훼방꾼은

그 누구도 아닌 바람이라고 말입니다.

제멋대로 불어대는 바람과 잘 사귀어 놓지 못한다면

하늘로 날아오르려는 연의 꿈이

올곧이 이루어질 수 없다는 이야기입니다.

연에게 바람이 그런 적수이듯이

바람에게도 적수는 있을 겁니다.

바람이 감당해야만 할 강력한 상대 말입니다.

우리에게도 늘 걸리적거리는 상대가 있습니다.

이길 수도, 피해 갈 수도, 등 돌리고 살 수도 없는

어떤 수많은 적수들.

이길 수 없고, 외면할 수도 없다면…

그렇다면 내 편으로 만들어 보는 겁니다.

잘 사귀어서 함께 갈 수 있는 방도를 찾아보는 것입니다.

다른 방도가 없으니까. 그 길밖에는!

처음 그 길을 걸을 때는 한없이 멀게만 느껴지더니
한 번, 두 번 걸으면서 그 길과 가까워질수록
왜 그런지 한결 수월해집니다.
그 길에 내 걸음과 내 마음을 맞춰 가고 있기 때문입니다.
멀게만 느껴지는 사람에게도 그렇게 가는 겁니다.
한 걸음씩, 천천히.

언젠가는

언젠가는 미워지리라는 생각으로 사랑하라.
언젠가는 사랑하리라는 생각으로 미워하라.

『몽테뉴 수상록』에 담긴 글이 고개를 끄덕이게 만듭니다.
언젠가는 모든 게 다 변합니다.
사랑도, 미움도, 영광도, 시련도 그리고 나조차도.
지금 죽도록 사랑하는 그 사람도 미워질 수 있고,
지금 미워하는 그 사람도 사랑할 수 있게 되는 것.
그 어디에나 이런 순환은 존재합니다.
충분히 그럴 수 있다고 예상했던 일에는
만족과 실망의 증폭이 그만큼 적습니다.
하지만 전혀 예상하지 못했던 일 앞에서는
만족감도 실망감도 몇 배 더 크게 마련입니다.
언젠가는 미워지리라는 생각으로 사랑한다면
미움이 생겼을 때 덜 실망하게 될 것이고,
언젠가는 사랑하리라는 생각으로 미워한다면
지금의 미움이 조금쯤은 줄어들지도 모르는 일.

얼마든지 변할 수 있다고 인정하는 마음이란
오늘과 내일을 조심스럽게 이어 주는 안전장치 같습니다.
괜찮다고, 그럴 수도 있다고…
미리미리 스스로 마음을 다독이는 일 같은 것.
내 마음 어딘가에 그런 안전장치 하나쯤
작동시켜 놓아야겠는데…
영 여의치가 않습니다.

변해 가는 게 슬픈 것은 아닙니다.
언젠가는 모든 게 다 변한다는 걸
인정하지 못하는 일이 슬플 뿐입니다.
왜냐하면 변한다는 것은 살아 있다는 것의
다른 이름이기 때문입니다.

너에게 나를 보낸다

장난감을 얻은 어린 아이가 그것을 바라보고
만지고 하다가 망가뜨리더니,
내일이면 벌써 선물한 사람을 생각지도 않듯이
너는 내가 준 마음을 작은 손으로 만지작거리기만 할 뿐,
그 마음이 괴로워하는 것은 보지도 않는다.

헤세(Hermann Hesse)의 시 '아름다운 사람'이 말을 건네고 있습니다.
내 마음을 잊지 말라고. 너무 쉬 버리지 말라고.
'그런 너는?'이라고 나에게 되돌려 물었을 때,
헤아릴 수 없을 만큼 많은 기억들이 스멀스멀 피어올랐습니다.
받기만 하면서도 당연했던 마음이,
받고도 내내 밀쳐 두었던 마음이,
받은 줄도 모르고 무심히 건너왔던 마음들이
얼마나 많은지 모르겠습니다.
하루만 지나도 벌써,
장난감을 선물한 사람을 생각지도 않는 아이처럼,
그저 묻어 두었던 무심한 마음들이 내게도 있었습니다.
어쩌면 누군가는 지금도 나를 기다리고 있지 않을까.
누군가에게 준 내 마음도 그렇게 버려지고 있는 것은 아닐까.

마음과 마음이 갈 곳 모른 채
길을 잃어 가는 모습들을 상상하면서
잠시 착해진 내 마음에게 전합니다.
마음을 주었거든 소중히 간직하자고.
그 마음이 내겐 너무 귀한 것이든, 혹은 하찮은 것이든….
하지만 왠지 참 어려울 것 같습니다.

마음의 우물은 퍼내고 퍼내어도 바닥이 보이지 않습니다.
그러니 기왕에 마음을 쓰려거든 물 쓰듯 쓰는 겁니다.
거기다 마음을 주고받는 택배는 돈을 지불하지 않아도 됩니다.
그까짓 마음, 양껏 주고 선선히 받으면 됩니다.
단, 반품은 규칙 위반입니다!

펭귄의 사랑

펭귄은 혹독한 추위 속에 알을 낳고 품습니다.
부모 펭귄이나 어린 펭귄 모두에게 좋은 계절은 여름이지만,
굳이 먹이를 얻기도 쉽지 않은 겨울을 고집하는 이유가 무엇일까?

엄마 펭귄이 편한 여름을 마다하고 굳이 혹독한 추위 속에서
알을 품는 까닭은 어린 펭귄을 위해서라고 합니다.
눈앞의 일만 생각한다면 어린 펭귄에게도
시린 겨울보다는 여름이라는 계절에 탄생하는 것이 낫습니다.
하지만 엄마 펭귄은 자식의 일생을 미리 가늠하고,
남극의 기후에 적응할 수 있는 아이로 만들겠다는 일념으로
혹독한 겨울에 알을 품는 것입니다.
생후 6개월 무렵이 되면 독립해야 하는 것이
펭귄의 인생입니다.
그러니까 여름에 태어나면 어린 아기 펭귄은
한겨울, 혹독한 추위를 견디며 독립을 해야만 합니다.
그래서 어미 펭귄은 고통스럽지만 겨울 출산을 고집합니다.
어미 펭귄의 선택에서 배웁니다.
눈에 보이는 사랑도 있지만, 보이지 않는 사랑도 있다는 것.
'가장 큰 하늘은 그대 등 뒤에 있다'던
강은교 시인의 시 '사랑법'의 한 구절이 생각나기도 합니다.
보이지는 않지만 크나큰 사랑이 우리를 살게 합니다.

사랑하는 그 마음을 다 보이려고만 하지 말기.
보이지 않는다고 해서 사랑이 아니라고 우기지도 말기.
사랑이란 것이 자로 잰 듯, 그렇게 가늠할 수는 없는 것이니.

억겁의 인연

억겁의 세월…이라는 말이 있습니다.

여기에서 말하는 '겁'이란 한없이 길고 긴 시간을 일컫습니다.

기령, 천상의 신녀가 잠자리 날개처럼 얇은 옷을 입고 내려와

가로세로가 4백 리에 달하는 바위를 살짝 스치고 올라간다 치면,

가볍게 스치는 그 행위로 4백 리에 달하는 바위가 닳고 닳아서

사라지게 하려면 얼마나 긴 시간이 필요할까요?

그 시간이 바로 '겁'입니다.

다시,

천 년에 한 번씩 하루에 9만 리를 날아다니는 큰 새가

잠시 바위에 앉아 쉽니다.

새가 내려앉을 때 바위는 그 발톱에 부딪쳐 아주 조금쯤

부스러질 것입니다.

그런 정도의 마찰로 바위가 다 부서져 없어질 시간이 '겁'입니다.

다시,

사방이 15km나 되는 성 안에 겨자씨를 가득 채운 다음,

1백 년에 한 알씩 그 겨자씨를 집어내는 일로 그 겨자씨를

다 없어지게 하는 시간,

아니 그 시간보다도 더 긴 시간이 '겁'입니다.

눈 깜짝할 새를 '찰나'라고 합니다. 손가락을 한 번 튕기는 시간은
'탄지'라 하고, 숨 한 번 쉬는 시간은 '순식간'이라고 합니다.
반면에 '겁'이란 헤아릴 수조차 없이 길고 긴 시간을 일컫는 말이랍니다.

다시,
모서리의 길이가 약 15㎞나 되는 단단한 바위가 있습니다.
1백 년에 한 번씩 이 바위를 부드러운 면포로 닦아서 바위가
완전히 닳아 없어진다고 해도 아직 한 겁의 시간을
채우지 못한다고 합니다.
실제로 힌두교에서는 43억 2천만 년을 '한 겁'이라 부릅니다.
참으로 무서운 시간입니다.
상상조차 불가능한 시간입니다.
우리가 살면서 만나는 수많은 사람들을 '겁'의 인연으로
표현한 말이 있습니다.
2천 겁의 세월이 지나면 사람과 사람이 하루 동안
동행할 수 있는 기회가 생기고,
5천 겁의 인연이 되면 이웃으로 태어날 수 있다고 합니다.
6천 겁이 넘는 인연이 되어야 하룻밤을 같이 잘 수 있게 되고,
억겁의 세월을 넘어서야 평생을 함께 살 수 있게 된다고
합니다.
참 놀랍습니다.
지금 내 주위에서 스쳐 가는 모든 사람들…
참으로 놀라운 인연들입니다.

내 휴대폰 속에 들어 있는 이름들,
나와 인연을 맺고 있는 모든 사람들,
그것이 그저 스쳐 가는 정도의
짧은 인연이라고 해도
그들은 최소한 1천 겁 이상을 뛰어넘는
인연으로 만난 귀한 존재들입니다.
그렇다면 내가 온몸과 마음을 다해
사랑하는 사람들은?
긴 말 필요 없습니다.
그저 있을 때 잘 해주면 됩니다.
수천 겁의 인연으로 만난
내 모든 사람들에게 말입니다.

나에게로 오는 길

호남고속도로에서 내장산 I.C로 진입하여
외길을 달리면 내장사에 다다르고,
내장사 일주문에서 왼편으로 난 산길을 8백 미터 정도 걸으면
백련암이 나타납니다.

지도를 펼쳐 들고 떠난 길이었습니다.
산길을 따라 그렇게 가다 보니 그림처럼 단아한 백련암이 서 있습니다.
백련암으로 향하던 그 길에서, 그리고 기어이 만난 백련암에 앉아서
문득 조용히 생각에 잠겼습니다.
나를 향해 가는 길, 나에게로 오는
길이라는 것도 있지 않을까, 하는 생각에.
누군가에게 길을 물었을 때 '찾기 쉽다'는 답을 듣게 되면
떠나는 발걸음이 한없이 가벼워졌던 기억이 났습니다.
초행길이라고 해도 쉬 찾을 수 있도록 친절하게 준비된
이정표가 있으면 더할 나위 없이 고마웠던 기억도 났습니다.
나에게로 오는 길은 어떤 길인가?
누군가 나를 찾아오고 싶은 사람이 있을 때
헤매지도 않고, 고생하지도 않고, 중도에 포기하지도 않게
친절히 설명된 가이드라인이 있는 사람인가, 나는?

나에게로 오는 길이 너무도 험해서
엄두조차 내지 못하는 사람들이 있는 것은 아닌지,
돌아다보았습니다.
때론 나를 향해 떠난 사람을 위해 큰길가까지 나가서
기다릴 줄도 아는 나,
누구든 너무 애쓰지 않아도 당도할 수 있도록 배려하는 나.
아름다운 백련암에 오롯이 앉아서 그런 '나'를 기대해 봅니다.
나에게로 오는 아름다운 약도를 그려 보았습니다.

정말 가고 싶은 길은,
눈을 감았을 때 더 선명하게 떠오르는 길이 아닐는지.
눈을 감아야만 보이는 길은 '사람에게 이르는 길'이 아닐는지.

소쿠리 같은 사람

1년에 한 번 혹은 두 번,
많아야 고작 대여섯 번 정도
꺼내 쓰는 세간들이 있습니다.
자리만 차지하는 것 같아서 그냥
없애 볼까 생각도 하지만 마음뿐입니다.
1년에 한 번을 써도 꼭 필요한데다,
없어서는 안 되는 물건이기 때문입니다.

커다란 소쿠리나 제기 같은 것들이 그렇습니다.
1년에 몇 번 꺼내 쓰지도 않으면서 정작 없어서는
안 되는 세간들입니다.
덩치도 제법 커서 자리도 제대로 차지합니다.
그래서 잊혀지지도 않습니다.
어느 자리에, 어떤 모양으로 놓아 두었는지까지
정확하게 기억나는 존재들입니다.
게다가 꺼내 쓸 때마다 그 존재 가치를 각인시켜 주기까지 합니다.
'이래서 넌 나를 버릴 수가 없는 거야!'라고.
우리들의 숱한 만남 중에도 이런 모습이 있지 않을까 싶습니다.

1년에 고작 한두 번 만나는 사이인데도 절대로 버릴 수 없는,
매일 만나는 그 누구보다 꼭 필요한 사람.

그러고 보면 존재 가치란 단순히 얼마나 자주 즐겨 쓰는가를
놓고만 판단할 수 있는 것만은 아닌 게 분명합니다.

한 번의 쓰임만으로도 분명한 가치를 발휘하는 것이
있는가 하면, 수백 번을 쓰고 있어도
실은 '없어도 그만'인 물건도 있으니까.

사람도 다르지 않습니다.

그래서 무리 속에 있는 내가 어쩐지 존재 가치가 없게
느껴진다고 해도
크게 실망할 일은 아닙니다.

왜냐하면 당신은 아주 중요한 어떤 순간에
가장 빛나는 사람일 수가 있기 때문입니다.

어딜 가나 인기 만점인 사람은
소소한 매력이 돋보이는 사람이라고 합니다.

어딜 가나 있는 듯 없는 듯 보이지 않는 사람은
그 매력이 너무 수수해서 그렇다고 합니다.

소소하거나 혹은 수수하게…
대단히 다를 것도 없어 보입니다.

코에 걸면 코걸이가 되고,
귀에 걸면 귀걸이가 되는 다용도로 살거나
우직하게 한 가지 쓰임새만 고집하면서 살거나…
어차피 한세상 사는 일은 다 똑같습니다.

울고 왔다 울고 가더라

울고 왔다 울고 간다는 땅, 정선.
산이 높고 골이 깊은 정선으로 시집 온 새색시가
앞으로 살아갈 일을 걱정하며 울다가 그 땅을 떠날 때는
이 좋은 곳에 언제 다시 올까 싶어
또 한 번 눈물을 흘렸다고 해서 그렇게 부른답니다.

강원도 정선의 산이 얼마나 높고, 골은 또 얼마나 깊던지
그 지방 사람들은 '하늘 넓이가 열다섯 평'이라는 말을 쓰기도 합니다.
산에 둘러싸여 하늘이 조금 밖에 안 보인다는 얘깁니다.
'울며 왔다 울며 간다'는 이야기를 들으며
'정선을 닮은 사람'도 있겠구나, 생각해 봅니다.
울며 왔다 울며 가게 만드는 사람.
속이 하도 깊고 넓어서 그 속을 차마 가늠해 볼 수 없는 사람.
그런 사람 하나 곁에 두고 살면 얼마나 좋겠습니까?
아니, 내가 그런 사람이면 또 얼마나 좋겠습니까?

마음길이 비좁을 땐 확장공사를 해야 합니다. 살면 살수록
내 마음으로 드나드는 사람이 많아질 텐데…
방심하고 있다가는 고질 정체 지역으로 낙인찍히고 맙니다.

꿀벌이 왜 그러지?

어떤 사람이 부지런하기로 소문난 꿀벌들을 데리고
아프리카에 갔습니다. 첫해에는 꿀을 아주 많이 모았지만,
이듬해부터 꿀벌들은 전혀 꿀을 모으지 않았습니다.
왜냐하면… 겨울이 없는 아프리카에서는
꿀을 모을 필요가 없었기 때문입니다.

무엇이든지 밭에서 갓 캐내어 30분이면
요리해 먹을 수 있다는 땅, 아프리카.
그 아프리카 땅에서는 꿀벌들이 게으르다는 이야기가
한수산의 산문집 『꿈꾸는 일에는 늦음이 없다』는 책에 나옵니다.
다시 말해서 1년 내내 꽃이 피는 아프리카에서는
꿀벌들이 바빠야 할 이유가 없다는 것입니다.
언제든 꽃이 지천이니 먹고 싶을 때 찾아 먹으면 그만.
살을 에는 추위가 이어지는 겨울이 없었다면
추위에 적응하는 법은 배우지 못했을 것이고,
궂은 비 없이 늘 쨍쨍한 날들만 이어졌다면
비를 피하는 방법 같은 것도 굳이 찾아낼 이유가 없었을 것입니다.
극복해야 할 무엇이 있다는 것.
이것이야말로 나를 더욱 단단한 열매로 만들어 준다는 사실,
게으름뱅이로 전락해 버린 아프리카의 꿀벌들에게서 배웁니다.

부족하기 때문에

열심을 다하는 것입니다.

차고 넘치는 당신이었다면

지금처럼 멋진 사람은

되지 못했을 것입니다.

얕잡아 보더니만

모두가 주목하는 멋진 뿔을 가진 사슴에게 있어서
가늘고 볼품없는 두 다리는 늘 못마땅한 콤플렉스에
지나지 않았습니다.
언제나 뿔의 화려한 자태 뒤에 숨겨져야 하는 골칫거리였습니다.
그런데 사냥꾼에게 쫓기는 신세가 되자,
볼품없다고 못마땅해 하던 두 다리 덕분에 온 힘을 다해
뛸 수 있었으나,
늘 자랑거리였던 그 멋진 뿔은 오히려 방해가 되었습니다.
아니, 그 뿔 때문에 위기에 처하고 말았습니다.
이솝이 남긴 우화 속에서 내 모습을 발견합니다.
콤플렉스라고 치부해 버리던 나의 한 부분이 있습니다.
그러나 사실은 그것도 내가 사랑해야 할 나의 모습이었습니다.
나의 가장 아름다운 부분만 아끼고 닦아 주느라,
정작 내가 가진 또 다른 가치들을 놓치고 있었습니다.

사냥꾼과 사냥개에 쫓기다 나뭇가지에
뿔이 걸려 꼼짝도 못하게 된 사슴.
'다리는 홀대하고, 뿔만 자랑하고 다니다 이 꼴이 되었다'고
후회하게 되었습니다.

이 세상 어디에도 영원한 영광은 없다는 말이 생각납니다.
내가 가장 미워하던 당신의 단점이 어느 날,
나를 구원해 줄 열쇠가 될 수도 있다는 것을 이제 알았습니다.
콤플렉스까지 사랑할 수 있을 때 비로소 나의 진짜 가치가
발휘된다는 이 사실을 잊지 말아야겠습니다.
왜냐하면 '가치'란 그것을 보아 주는 사람에 따라
변화하는 것이라는 걸 알았으니 말입니다.

'이래서 내가 좋다' 싶은 이유가 있는 것처럼,
'이래서 내가 싫다'는 이유도 있습니다.
아직까지도 만족스러운 내 모습을 만나지 못했다면 그것은,
나의 부족한 면을 응원하고 아껴 주는 마음이
없었기 때문입니다.
그러니까 나 자신에게 너무 야박하게 굴었던 겁니다.

산딸기 사랑

「걸으면서 분이는 동생 용복이가 냠냠 먹을 것을 생각합니다.
걸으면서 돌이는 할아버지가 호물호물 잡수실 것을 생각합니다.」

권정생의 '산딸기'라는 시에는 세 개의 아름다운 마음이 들어 있습니다.
산딸기를 따 먹다가 칡잎에 한 움큼 따로 싸 두는 마음 하나,
그것도 자신은 못난 것만 먹고 잘 익은 산딸기로만 골라 싸는 마음 둘,
그 맛있는 산딸기를 동생에게, 할아버지에게
먹게 할 생각으로 들떠 있는 마음 셋.
분이와 돌이의 마음이 하도 고와서 시를 읽는 내내,
입안에 산딸기의 향긋한 과즙이 고이는 것만 같았습니다.
좋은 것만 주고 싶은 마음보다 더 깊은 사랑이 있을까.
산딸기처럼 달콤하게,
산딸기처럼 붉디붉게…
오늘 하루는 그렇게 좋은 것만 나누면서 채워 보기로 합니다.

사랑이란 그런 것.
엄마가 되지 않고서는 내 아이에게 다 주고 싶은
그 마음을 알 턱이 없습니다.
사랑에 빠져 보지 않고서는 주면서도 배가 부른
그 기쁨을 알 턱이 없습니다.
냠냠, 호물호물… 맛있고 달달한 그 마음을.

그 사람에게 가기 위하여

'내 눈빛을 지우십시오. 나는 당신을 볼 수 있습니다.
내 귀를 막으십시오. 나는 당신을 들을 수 있습니다.
발이 없어도 당신에게 갈 수 있고, 입이 없어도 당신을 부를 수 있습니다.'

눈빛을 지워도, 귀를 막아도 당신을 보고 들을 수 있다고….
라이너 마리아 릴케(Rainer Maria Rilke)는 한때의 연인이었던
루살로메(Lou Salome)에게 이 시를 바쳤습니다.
시를 읽다가 문득 드는 생각은,
우리가 간절히 원하는 사람의 모습도
그렇지 아니한가, 라는 겁니다.
말하지 않아도 마음을 읽어 주는 사람.
대꾸해 주지는 않아도 깊이 들어주는 사람.
부탁하지 않았어도 먼저 알아서 해 주는 사람.
부탁할 때 그 부탁이 부끄럽지 않게 배려하는 사람.
내가 혹시 간절히 그리워하는 사람은 이런 사람이 아닐까?
'네 마음을 다 안다'라고 공감해 주는 일,
그리고 내 마음을 알고 고개 끄덕여 주는 진심보다
더 좋은 위로와 사랑이 있을까.
내게 그런 사람, 소중한 사람이 있는지…
눈을 감고 억지로 떠올려 봅니다.

사람들은 대개 누군가가 말을 할 때
'나는 무슨 말을 할까'를 고민하느라,
상대방의 말에 100% 귀 기울이지 못한다고 합니다.
앨런 애펄(Allen Appel)의
『애야, 사는 건 이런 거란다』라는 작품집에
담겨 있는 말입니다.

싸울 상대가 필요해

북해에서 런던까지 살아 있는 싱싱한 청어를
운반해 올 수만 있다면 얼마나 좋을까?
영국의 상인들은 모두 다 같은 고민에 빠졌습니다.
그런데 어느 날부터인가,
한 상인이 펄펄 살아 뛰는 청어를 싣고 와서
그야말로 큰돈을 벌기 시작했습니다.
하지만 아무도 그가 어떻게 청어를 산 채로
운반하고 있는지 알지 못했습니다.
워낙 큰돈이 걸려 있는 문제라 섣불리 물을 수도 없었습니다.
그런데 한 남자가 용기를 냈습니다.
조심스럽게 다가가 그 비법을 물었습니다.
그러자 상인은 대수롭지 않다는 듯 심드렁하게 말했습니다.
"그거야 청어를 물탱크 안에 담아 오면 되지요."
"우리도 다 물탱크에 담아 옵니다만, 늘 죽어 있거든요."
"물탱크 안에 청어를 넣을 때 숭어도 몇 마리 같이 넣으세요.
그럼 숭어가 물탱크 안에 들어가자마자
청어를 잡아먹으려고 달려들 겁니다.

섬나라, 영국 사람들은 생선을 좋아합니다.
그 중에서도 특히 청어를 좋아합니다.
그런데 문제는 북해에서 잡은 청어가
배에 실린 채 육지에 도착할 즈음이면,
한 마리도 남김없이 모두 죽어 있어
싱싱한 청어를 맛볼 수 없다는 사실이었습니다.

청어는 당연히 살기 위해서 필사적으로 도망을
다닐 게 아닙니까?
그러는 사이 런던에 도착하는 겁니다."
"아! 그렇군요. 그런 비법이 숨어 있었군요."
생존의 법칙을 제대로 파악하고 청어 무리 속에
보다 강한 힘을 지닌 숭어를 풀어 놓았던 상인의 지혜라니!
이 이야기는 삶을 보다 더 활기차게 유지시키는 방법 중의
하나가 바로 적당한 긴장감이라는 것을 깨우치게 합니다.
싸울 상대가 있어야 비로소 살아갈 의욕도 커진다는
의미입니다.

이 세상에는 두 가지 종류의 라이벌이 있습니다.
싸우면서 적이 되는 라이벌과 싸우면서 벗이 되는 라이벌!
어쨌든 인생의 적수 하나쯤 두고 살 수밖에 없다면
쿨 하게 인정하고 함께 가기로 합니다.

속아 넘어가는 즐거움

이 멋진 곳에 꼭 가보고 싶다는 생각이 들게 하는 사진이 있습니다.
그러나 막상 그곳에 가 보면 속은 기분입니다.
이유는 언제나 가장 멋진 부분만을 골라 찍는 사진의 특성 때문입니다.

사진으로 보았을 때는 꼭 한번 가보고 싶을 만큼 근사했으나
정작 가보면 그만큼 근사하지는 못한 장소들이 적지 않습니다.
어느 사진작가는 그 이유를 '멋있는 부분만 골라 찍기 때문'이라고
설명합니다.
보기 싫은 곳, 눈에 거슬리는 곳이 있으면
화면에서 살짝 빼 버리거나 보이지 않는 각도에서 찍게 되는 것이
사진을 찍는 사람의 습성이라고.
아무리 훌륭한 풍경이라고 해도 흠잡을 데가 없는 것은 아닙니다.
아무리 뛰어난 사람이라고 해도 단점이 없을 수는 없는 것처럼
말입니다.
바꿔 말하면, 어느 한구석도 잘난 데가 없는 사람 같아 보여도
누가 보아 주는가에 따라 부럽거나 혹은 아름다운 모습일 수 있다는
뜻도 됩니다.

적어도 그 사람의 고운 면을 봐 줄 수 있는
마음의 앵글만 있다면 얼마든지 가능한 일인 것입니다.
가끔은 속아 넘어가는 것도 즐거운 일입니다.
내가 좋아하는 부분만 골라서 마음에 담고, 눈에 담으며
'와! 정말 대단한 걸!'이라고 감탄해 보는 것도 나를 위해
좋은 일입니다.

'좋다, 좋다!' 주문을 걸었더니 정말 좋은 것 같았습니다.
어제와 하나 다를 것 없는 밍밍한 오늘에게 깜빡 속게
되었습니다.
그런데 정말 신기한 것은 자꾸 기분 좋게 속아 주다 보니
정말로 좋아지더라는 거! 이것이었습니다.

숙제

숙제는 정규 수업 시간 외에 집에서
학습시키기 위해 교사가 내주는 과제입니다.
숙제는 수업에서 새롭게 얻은 지식이나 기능을
실제로 응용하고, 그 의의를 느끼는 일이며
새롭게 이해한 원리나 방법을 반복 또는 연습하여
충분히 몸에 익히는 일입니다.

학창 시절에 가장 빈번하게 듣고 또 자주 썼던 말이
예습과 복습 그리고 숙제였습니다.

어떻게 보면 숙제란 예습과 복습 안에 포함되는,
일종의 함수 관계 같은 것이었습니다.

숙제에 충실하면 저절로 예습과 복습이 되었으니까.
오늘 받은 수업과 내일 받게 될 수업 사이를
보다 튼튼하게 연결시켜 주는
고리 같은 것이었으니까.

그런데 어른이 되고 보니 그 숙제의 범위가
한결 더 넓어졌습니다.

숙제라는 말의 사전적인 의미 속에는
'쉬 풀리지 않아서 두고두고 생각하거나
해결해야 할 어떤 문제'를
일컫는 뜻도 포함되어 있기 때문입니다.

삶의 숙제를 푸는 일이 힘에 부쳐서 고단해질 때면
어린 시절의 숙제처럼 그렇게,
행복한 인생을 만들기 위한 예습과 복습이라고
생각해도 좋겠습니다.

그 사람은 입버릇처럼 말합니다.
인생의 숙제가 너무 많아서 죽고 싶을 지경이라고.

또 한 사람은 매일매일 생각합니다.

숙제 하나 없이 빈둥거리는 인생이 한심해서 죽고 싶다고.

눈감아 주다

잘못을, 실수를, 거짓말을, 약삭빠른 행동들을…
이런 표현 뒤에 따라붙는 말 중에서
가장 너그러운 의미는 '눈감아 주다'라는 것입니다.

'눈감아 주다'라는 말을 영어로는 이렇게 번역하더군요.

'look the other way.'

직역하자면 '다른 쪽을 봐 주다'입니다.

누군가의 잘못을 눈감아 주는 일은 그렇게도 어려운 것 같더니

다른 쪽을 봐 준다고 뜻을 살짝 바꿔 보니 할 수 있을 것도 같습니다.

잠시만 피해 주자는 것이니까.

그 사람의 잘못을 향해 집중적으로 쏟아 붓던 시선을 돌려 보는 것.

이 정도는 해야 하는 것이 아닐까.

『화내지 않는 기술』의 저자인 시마즈 요시노리(Shimazu Yoshinori)는

몹시 화가 나는 어떤 순간에도 이 방법을 적용해 보라고 권합니다.

화가 나게 만든 그 장소에서 당장 떠나라고.

그 문을 걸어 나오는 순간,

끓어오르던 분노가 어느새 가라앉는 것을 경험할 수 있다고….

한 번쯤 시도해 보아도 좋을 것 같아 이 또한 마음에

저장해 두기로 합니다.

꼬치꼬치 따져 묻고 싶을 때,

화를 내면서 닦달하고 싶을 때,

한 대 쥐어박고 싶은 순간에….

일단 그 사람에게서 고개를 돌려 다른 곳을 바라봅니다.

한결 낫습니다.

눈감아 주는 일이란 이렇게 시시한 것이었습니다.

그 녀석을 길들이는 좋은 방법

오래 전, 미국 서부의 농장 주인들에게는
좀처럼 말을 듣지 않는 야생마를 길들이는
아주 특별한 방법이 있었습니다. 바로 '기다림'이었습니다.

우선, 좀처럼 말을 듣지 않는 거칠고 사나운 야생마를 데리고
초원으로 나가서 그 말보다 작은 당나귀와 함께 한데 묶습니다.
그러고는 그 녀석들을 고삐 없이 풀어 줍니다.
아니나 다를까. 말은 이리저리 펄쩍펄쩍 뛰어오르면서
여봐란 듯이 여기저기, 힘없는 당나귀를 끌고 다닙니다.
얼마 지나지 않아 거칠게 날뛰며 돌아다니던 그 말은
무기력한 당나귀를 끌고 지평선 너머로 자취를 감춥니다.
그렇게 며칠이 흐른 뒤, 자취를 감췄던 말과 당나귀가 나타납니다.
물론, 둘은 여전히 함께 묶여 있습니다.
그런데 말의 모습은 사라지기 직전과는 완전히 달라져 있습니다.
여전히 당나귀와 함께 있기는 하지만 둘의 관계가
어딘지 모르게 이상합니다.
처음과는 달리, 몸집이 작은 당나귀가 앞장을 서고

말이 그 뒤를 얌전히 따르고 있습니다.

도대체 이 녀석들에게 무슨 일이 있었던 것일까.

농장 주인들은 말합니다.

거추장스러운 당나귀를 떼어 놓기 위해

젖 먹던 힘까지 다 쏟아 내며 날뛰던 말도

결국엔 지쳐서 얌전해질 수밖에 없다고.

그러니까 말이 지치는 이유는?

절대로 떨어지지 않고 끝까지 매달려 있는

당나귀 때문인 것입니다.

때려도 보고, 얼러 보기도 하지만

꿈쩍도 하지 않는 당나귀의 태도에

거친 말도 그만 반항하기를 포기하고 마는 것입니다.

당나귀를 닮은, 더없이 순한 성품으로 돌아오게 된다는 것입니다.

제아무리 큰 힘을 가진 상대라고 해도

무던히 참으면서 부드럽고 끈질기게 대응하는 이를

도저히 당해낼 수 없다는 진리를 고스란히 보여 주고 있는

이야기입니다.

바람과 해의 싸움에서 누구나 바람이 이길 것이라고 예측했지만,

끝내 승리는 따뜻한 해에게 돌아갔습니다.

우화 속의 그 진리만 고스란히 적용해도 알 수 있습니다.

힘으로는 누를 수 없어도, 마음으로는 상대를

제압할 수 있다는 사실!

이런 게 바로 부드러운 카리스마라는 것입니다.

타인의 시간

고독을 느낄 정도로 오롯이, 나만의 위해 보내는 것이 아니라면
그 나머지는 모두 타인의 시간이라고,
수필가 찰스 램(Charles Lamb)이 말했습니다.
그 말을 듣고 보니 나의 하루는 대부분이 타인의 시간이었습니다.
오직 나 혼자서 생각하고, 느끼고, 쉬고,
내 안을 들여다보는 시간을 갖는다는 것은
그만큼 쉽지 않은 일인가 봅니다.
그렇다고 해도 인생의 대부분을 타인의 시간으로 채우는 것은
억울한 일입니다.
그래서 찰스 램의 말처럼, 조금만 적절하게 배치해 보기로 합니다.
타인을 위한 시간을 사느라 나를 하찮게 여기지도 말고,
나만의 시간을 사느라 타인들을 밀쳐 두지도 말고, 그렇게….
자칫 방심했다가는 내 인생을 온통 남들에게 내주게 생겼으니까.
시작은 이렇게 해 보기로 합니다.
산더미처럼 쌓여 있는 일들을 마치고 나서

「자신만을 위한 시간이란, 시간 전체를
오직 나만을 위해 소유하는 것.
그 나머지는 모두 타인의 시간이다.
타인의 시간을 보낸 후에는 반드시 나만을 위한 시간,
고독과 평화의 시간을 계획해야 삶의 균형을 찾을 수 있다.」

수면을 취하는 일로 하루의 마침표를 찍는 것이 아니라,
산더미처럼 쌓여 있는 일을 끝내고 난 다음에는 짧든 길든,
내가 행복해지는 나만의 시간을 보내고 난 뒤에
마침표를 찍는 것입니다.
그 시간에 하고 싶은 일들은 내 마음대로 정하면 됩니다.
어차피 그 시간은 어떤 간섭도 받지 않는 나만의 시간입니다.

낚시할 때 밑밥으로 내가 좋아하는 딸기 아이스크림을 쓰면
안 됩니다.
물고기가 좋아하는 지렁이를 써야 합니다.
타인과 나의 시간을 적절히 배분하는 것도
이것과 다르지 않습니다.
하루의 대부분을 지렁이만 들고 다니면서 보냈다면
내가 좋아하는 딸기 아이스크림도 반드시 떠먹어야
하는 것입니다.

선인장의 사랑

미국 애리조나 주 남부의 척박한 땅, 사막.
그곳에 숲이 있습니다. 숲을 향해 몰려든
곤충과 새, 동물들도 있습니다.
일교차가 크고, 물기가 없어 늘 메마른 이 땅에
숲을 일구는 주인공은 '사구아로'라는 이름을 가진 선인장입니다.

선인장이란 비가 오지 않는 건기를 대비해서
몸속에 물을 저장해 두는 식물입니다.
그러다 보니 줄기가 마치 덩어리나 기둥 모양으로 변했고,
넓적해야 하는 잎은 목마른 벌레나 동물들이
자신의 줄기에서 물을 빼앗아 가는 것을
막기 위해 뾰족한 가시 모양으로 변했습니다.
그래서 가시를 모두 뽑아 버리면 선인장
표면의 온도가 약 10도 정도 올라갑니다.
서부영화에서 흔히 볼 수 있는 선인장, 사구아로.
사구아로 역시 한여름에 물을 빨아들여 제 몸속에 저장해 두는데,
그 양이 어느 정도인가 하면 가뭄 속에서도 무려 4년이나
버틸 수 있을 만큼 어마어마한 것이랍니다.
다른 선인장들과 마찬가지로 온몸을 가시로 무장한 채,

줄기 안에 엄청난 양의 수분을 저장하는 일로
악조건인 생활 터전에서 살아남는 것입니다.
바로 그렇게 애써 저장한 수분의 힘으로 메마른 사막에 씨를 뿌려
거대한 숲을 이뤄냅니다.
그 씨가 떨어져 싹이 나고 10년이 지나면 한 뼘쯤 자라는데,
이후 100년쯤 지나면 가지치기를 시작해서 보통 200년을
산다고 합니다.
선인장에 빨간 꽃이 맺히면 새와 벌, 박쥐들이 끊임없이 모여들고,
선인장에 탐스러운 열매가 달리면 딱따구리도 찾아옵니다.
이렇게 동물들의 훌륭한 집과 먹이가 되어 주다가 200년이
지나면 쓰러지는데, 쓰러지고 나면 또 다시 지네와 전갈,
개미와 도마뱀, 땅뱀들이 모여든다고 합니다.
선인장의 몸 전체가 숲을 만들고,
동물들을 불러 모으는 놀라운 매개체가 되는 셈입니다.
이렇게 제 몸을 다 바쳐서 척박한 땅에 숲을 선물하는
사구아로 선인장.
메마른 땅에 숲을 일구는 사구아로가 몸속에 저장한 것은
4년 이상을 물기 없이도 촉촉하게 살 수 있을 만큼의
'사랑'이 아니었을까.

내 몸속에는 얼마만큼의 사랑이 저장되어 있는지….
사구아로처럼 숲을 이룰 수 있을 만큼의 사랑은 아니라고 해도
내 마음의 꽃밭 하나 가꾸고 지킬 만큼은
늘 채워 두어야 하는 것이 아닌지….

겁쟁이 생쥐

세상 그 무엇보다 고양이를 무서워한 생쥐가 있었습니다.

그 녀석은 저 멀리서 고양이 울음소리만 들려도 귀를 쫑긋 세워

동향을 살피면서 하루 종일 꼼짝도 하지 않았습니다.

그런 모습을 보다 못한 마법사가 무언가 도움을 주고 싶은 마음에

그 겁 많은 생쥐를 고양이로 만들어 주었습니다.

하지만 고양이가 된 생쥐에게 또 다시 무서운 게 나타났습니다.

큰 몸집을 가진 개였습니다.

커다란 개를 만나는 순간, 어찌나 무섭던지 그만 정신을

잃고 말았습니다.

고양이가 된 생쥐는 예전처럼 다시 그 개가 무서워

집안에서 한 발자국도 움직이지 못하는 존재가 되고 말았습니다.

이를 가엾이 여긴 마법사가 이번에는 생쥐를 개로

둔갑시켜 주었습니다.

세상에서 가장 무서운 것, 두려운 것은 무엇일까요?
고대 인도의 전설에 이런 이야기가 있습니다.
세상에서 고양이를 가장 무서워했던 어느 생쥐의 이야기입니다.

이제 더는 무섭고 두려운 게 없겠지, 하는 마음으로.
그러나 개가 된 생쥐 앞에 이번에는 사자가 나타났습니다.
세상에서 제일 무서운 사자. 개가 된 생쥐는 사자가
너무 무서워서 또 다시 집밖 출입을 하지 못한 채
스스로를 꼼짝없이 가두고 있었습니다.
마법사는 마지막으로 한 번 더 아량을 베풀기로 하고,
개가 된 생쥐를 사자로 만들어 주었습니다.
그때 어디선가 총소리가 들리더니 사냥꾼이 달려왔습니다.
사자가 된 생쥐는 도망치며 생각합니다.
'내 생각이 짧았어! 이 세상에 제일 무서운 건 고양이도,
개도, 사자도 아닌 사냥꾼이야!'

마법사는 사자가 된 생쥐를
본래의 생쥐로 되돌려 놓으며 충고했습니다.
"내가 어떻게 만들어 주든 너에게는 아무런 도움이 되지 않는구나.
네가 생쥐의 마음을 가지고 있는 한 말이다."

'관계'의 연금술

사람들과 어울리기를 좋아하는 사람이 있는가 하면,
혼자 있기를 더 좋아하는 사람이 있습니다.
그런데 혹시 이것이 건강에 어떤 영향을 미치지는 않을까…?
미국 캘리포니아 의과대학 교수인 딘 오니시 박사가
재미있는 실험을 했습니다.

여기 한 가지 실례가 있습니다.
딘 오니시 박사는 실험을 위해 서로 싫어하는 두 명의 환자에게
상대방의 옷을 대신 세탁해 주도록 지시했습니다.
그 결과, 서로에 대한 미움의 감정이
현저하게 줄어든다는 것을 알게 되었습니다.
이와 같은 실험들을 통해 박사는 이런 결론을 내렸습니다.
'다른 사람들과 어울리기를 좋아하는 사람은
혼자 있기 좋아하는 사람보다 오래 산다.'
'무슨 소리?' 다름 아닌 이런 이야기입니다.
'도움을 받으면 상대방에 대해 감사와 애정을 느끼게 되고,
그 마음이 도움을 준 사람에게도 옮겨 가서 상대방의 역시 마음이
훈훈해진다.
훈훈한 느낌이란 사람의 두뇌에 있는 천연적 신경안정제인
엔도르핀에서 나온다.

따라서 서로에 대한 미움의 감정이 줄어들면 기분이 좋아지고, 그 효과로 병도 나을 수 있다.'

바로 이것이 딘 오니시 박사의 연구에 대한 결론입니다.

다시 말해, 사람과 사람의 친밀감이 질병도 치유할 수 있다는 뜻입니다.

건강을 위해 다이어트를 하고, 금연을 하고, 운동을 하고, 또 질 좋은 음식만을 골라 먹고 있다면, 그렇다면!

그래서 건강한 몸, 아름다운 모습을 만들고 싶다면!

다른 그 무엇보다 먼저 사람에게서 해답을 찾아볼 일입니다.

사람을 통해 얻은 사랑과 친밀감보다 더 좋은 약은 없다니까….

'관계의 연금술'이란 너와 나의 관계를 지속시키는 기술입니다.

그런데 여기에서 가장 큰 힘을 발휘하는 것은 용서라고 합니다.

용서가 있어야 사랑을 채울 수도, 함께 행복해질 수도 있으니까.

사랑에 빠지면 눈이 멀 수밖에!

아주 오래 전, 어느 신문 기사에서 이런 글을 읽었던 적이 있습니다.
「사랑에 빠지면 눈이 먼다는 말이 사실이라는 게
과학적으로 확인됐다.
영국 런던대학의 세미르 제키 박사는 사랑에 빠진
청춘남녀들의 뇌를 촬영해 연구했다.
그 결과, 사랑에 빠진 청춘남녀들의 뇌는 비판적인 기능을
상실한다는 것을 알게 되었다.
비판적인 기능을 담당하는 부분의 두뇌 활동이 정지되었고,
상대방의 결함이 보이지 않으며 부정적인 감정도 생기지 않았다.
반대로 긍정적인 관계 유지를 돕는 뇌하수체
호르몬 옥시토신과 바소프레신에
직접 반응하는 뇌기능이 활성화되었다.」
세미르 제키 박사는 사랑에 빠진 사람들은
뇌의 특정 부위 4곳에서
혈액의 흐름이 두드러지게 나타나며, 이 때문에
황홀감에 가슴이 두근거리는 '사랑병'이 생겨난다고 밝혔습니다.

영국 런던대학의 세미르 제키 박사는
사랑에 빠진 청춘 남녀들의 뇌를 촬영한 뒤
아주 특별한 연구를 시작했습니다.
그 결과, 사랑에 빠진 청춘남녀들의 뇌는 비판적인
기능을 상실한다는 사실을 발견하게 되었습니다.

그렇기 때문에 사랑하는 상대 이외에는
누구에게도 마음이 끌리지 않으며 상대의 결점도
눈에 들어오지 않는 것이라고 했습니다.
미래보다는 현재에 몰두하게 되고, 자연히 예측능력이
감소될 뿐 아니라
본능적인 욕구를 억제하려는 능력 또한 저하되면서
남들 눈에 유치해 보이는 행동도 서슴지 않게
하게 되는 것이라고.
사랑하는 두 사람을 놓고 '두 눈에 콩깍지가 씌웠다'라고
말하는 것은 참으로 과학적인 근거에서
비롯된 말이었다는 것을 알게 됩니다.
아니, 좀 더 정확하게 말하면 눈만 머는 것이 아니라
뇌가 변화하는 것입니다.
사랑 때문에 철부지가 되고,
사랑 때문에 한 치 앞도 볼 수 없게 되며,
사랑 때문에 매일매일 가슴이 뛰는 것.
이 모든 것이 뇌의 변화로 인한 '어쩔 수 없는 일들'이었다니….

대인관계 상담 전문가 필립 호드슨은

연구 결과를 토대로 이렇게 조언합니다.

'사랑하면 눈이 먼다.

그래서 사랑에 빠졌을 때는

중요한 결정을 미뤄야 한다.'

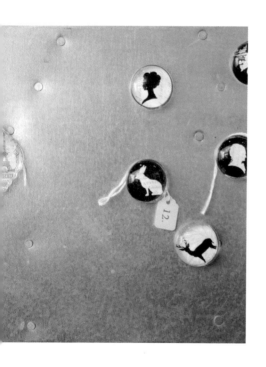

오감 만족, 사랑

등 뒤에서 그의 눈을 가리고 물었습니다. "내가 누구~게?"
그가 대답했습니다. "안 가르쳐 주~지!"

누군가가 등 뒤로 살금살금 다가와서 눈을 가리고는
이렇게 묻습니다.
"내가 누구~게?"
이럴 경우, 대게 묻는 사람은 목소리를 바꿉니다.
자신이 누군지를 알아맞히지 못하게 하기 위해서 트릭을 쓰는 겁니다.
이쯤 되면 우리의 오감은 활짝 열리게 됩니다.
과연 누구인지를 알기 위해서
목소리의 세밀한 톤에서부터 살결의 감촉 그리고 체취와 느낌까지…
짐작되는 누군가의 모든 특징을 기억해내기 위해
자신의 모든 감각기관들을 동원합니다.
물론 십중팔구는 누구인지를 알 수 있습니다.
굳이 오감을 다 열지 않아도 알 수 있습니다.
왜냐하면 그런 행위를 할 수 있는 사람은 많지 않으니까.
그렇게 친밀도 높은 행동은 언제나 사랑하는 아이에게,
사랑하는 연인 혹은 벗에게, 사랑하는 가족에게…
그 모든 것을 사랑하는 사람들에게만 하게 되어 있으니까.

사랑은 마음 하나로 하는 것만은 아닌 것 같습니다.
오감을 다 열어, 극도로 세밀한 감성까지
다 쓰면서 온몸으로 하는 것.
누군가를 떠나보내고 난 이후에도
그의 냄새, 그의 목소리, 그의 사소한 버릇과 식성까지
도무지 잊혀지지 않고 남아 있는 것은
오감을 다 쓰면서 진심으로 사랑했기 때문입니다.

세밀화를 그릴 때는 결코 감성적이 되어서는 안 됩니다.
대상을 정확하게 전달해야 하는 세밀화는
냉정하고 정확하게 관찰해서 객관적으로 그려야 합니다.
오감을 다 써서 사랑하는 일이
세밀화가 될 수 없는 것은 그래서일 겁니다.

곁을 내주는 일··· 사랑

「밖을 내다보던 소년이 무엇을 생각했는지 수수밭 쪽으로 달려간다.
세워 놓은 수숫단 속을 비집어 보더니, 옆의 수숫단을 날라다 덧세운다.
다시 속을 비집어 본다. 그리곤 이쪽을 향해 손짓을 한다.」

황순원의 「소나기」에서 읽었던 글귀입니다.
갑자기 비가 퍼붓기 시작하자 소년은
소녀가 비를 피할 수 있도록 갖은 방법을 동원합니다.
원두막으로 데리고 가서 비가 덜 새는 곳에 소녀를 앉게 하고,
무명으로 지은 겹저고리를 벗어 소녀의 어깨를 감싸 줍니다.
이 장면에서도 벌써 가슴에 진홍물이 들었는데···.
그래도 비가 새어들자, 소년은 빗속을 뚫고 달려가서
수숫단으로 은신처를 만들어 놓고는 소녀를 부릅니다.
그리고 자기는 수숫단 앞에 앉아 하염없는 비를
고스란히 맞으며 견딥니다.
소년의 사랑이 복숭아처럼 수줍게 얼굴을 물들였다가는
이내 복숭아 과육처럼 다디달게 마음을 채워 주었던 기억이 있습니다.
오래오래 전, 해묵은 그 시절의 소년도 아는 것입니다.
사랑이 무엇인지를.
사랑할 때 진정으로 내주어야 하는 것이 무엇인지를.
그런데 요즘 남자들은 도통 모르는 눈치입니다.

철부지 소년도 감각적으로 깨우친 '사랑하는 법.'
그것도 모르면서 통 큰 척만 하고 있는 남자들을 보면
답답증이 밀려듭니다.
하기는 어디 남자들만 그런가. 여자라고 다를 것도 없습니다.
입으로는 사랑한다고 고백하면서…
우리는 도대체 누구를, 그 무엇을 사랑한다는 것인지….

자기 대신 비를 맞고 있는 소년을 보며
소녀는 비좁은 옆자리를 기꺼이 내줍니다.
그게 사랑입니다. 곁을 내주는 일, 다 내주는 일.
그 사람의 곁이 하도 따뜻해서
그 마음으로 들어가 살게 되는 것.
그게 사랑입니다.

다시 시작하는 연인들을 위하여

마음을 다쳤을 때 그저 시간이 흐르면
괜찮아지겠지, 하는 생각으로 방치해 두지 말아야 한다.
남녀를 막론하고 상한 마음을 치유하는데 필요한 몇 가지 과정이 있다.
심리학자 존 그레이는 '다시 시작하는 이야기'라는
저서를 통해 이렇게 말했습니다.

사랑 때문에 상처받아 보지 않고서는 사랑을 안다고 말할 수 없습니다.
왜냐하면 사랑이란 상처투성이의 꽃이 맺는 열매이니까.
쏟아지는 상처를 비처럼 다 맞으며 견디고 나면
거짓말처럼 탱글탱글한 열매를 맺고 마는 것이 사랑이니까.
그러니 사랑이란 참 지독한 녀석입니다.
사랑 때문에 다친 마음을 치유하는 방법이 있다고 합니다.
'첫째, 내가 겪은 일과 느낌을 나를 잘 아는 사람들과 나누면서
도움을 청한다.'
이것은 마음을 편안하게 회복시켜 주기 위한 단계.
'둘째, 가 버린 사람을 기억하거나 함께 했던 일들을 떠올리며
슬퍼할 시간을 충분히 갖는다.'
이것은 상실에 대한 가슴앓이 단계.
분노와 두려움, 슬픔 같은 아픈 감정들이 밀려와서

더 고통스러울지는 모르지만,

이 과정을 거쳐야만 집착과 미련을 보다 쉽게 끊을 수 있고,

더불어 상대를 용서하는 마음도 생길 수 있다고 합니다.

'셋째, 사랑의 상실에 대해 충분히 슬퍼하는 과정을 지나

완전히 가슴을 비운다.'

이것은 새 술을 담기 위해 새 부대를 만드는 과정입니다.

존 그레이는 말합니다.

만약 실연의 아픔과 고통을 가슴에서 완전히 비워 내지 않은

상태에서 다른 사람과 친밀한 감정을 나누고자 한다면,

상대방에게 아낌없이 베푸는 능력이 제한될 것이며,

사랑을 받는 능력도 제한될 것이라고.

그러니까 내 슬픔의 실체를 알지 못하고서는 그 슬픈 감정에게

이길 수 없듯, 실연의 상처를 충분히 겪어 내지 않고서는

깊은 상처를 치유할 수 없다는 이야기입니다.

실연과 이혼, 그리고 사별.

사랑을 끝낸 사람들, 사랑을 다시 시작해야 하는

사람들이라면 충분히 울고, 또 충분히 아파하는 것이 좋겠습니다.

그래야만 비로소 새로운 사랑을 기울 수 있는 자격이

생긴다고 하니까.

고인 눈물은 다 쏟아내야 합니다.

쏟아내지 못한 눈물은 저 혼자 마르지 못하고,

마음 안에 고여 또 다른 상처를 만듭니다.

당신이 필요해요

「우리가 아기로서 삶을 시작할 때,
누군가가 우릴 돌봐줘야 생명을 유지할 수 있다.
삶이 끝날 무렵에도, 아울러 그 중간 시기에도
사실 우리는 누군가가 꼭 필요하다.」

아기로 태어나 이제 막 삶의 걸음마를 시작할 때,
혹은 무기력하게 삶을 끝내야 할 어떤 무렵에도
우리에게는 누군가의 보살핌이 필요하다는 말.
『모리와 함께한 화요일』의 모리 교수가
사랑하는 제자 미치에게 들려주었던 말입니다.
그 말에 빗대어 그는 또 말했습니다.
살아가는 모든 순간에 누군가가 꼭 필요하다고.
'우리는 누군가가 나를 진심으로 돌봐주고
사랑해 주기를 원한다'고.
그러니 도와주지 않아도 괜찮다는 말은
함부로 하지 말아야 합니다.
당신이 없어도, 혼자 힘으로도,
얼마든지 할 수 있다고도 하지 말아야 합니다.
누군가, 진심으로 나를 아끼고 돌봐줄 사람이
필요하다는 것을
누구보다 나 자신이 가장 잘 알고 있습니다.
따뜻하게 내미는 손을 잡고 가는 것,
내 손을 먼저 내밀어 누군가와 함께 가는 것.
사실은 그렇게 가고 싶은 것이
당신의 진심이라는 것을 다 알고 있습니다.
왜냐하면 나도… 당신처럼 꼭 그러니까.

빈 깡통과 빈 상자

'빈 깡통이 요란하다'는 속담의 빈 깡통은 시끄럽고 비호감입니다.

그런데 어느 날, 한평생 목탁만 만들어 온 사람에게

이런 말을 들은 적이 있습니다.

"먼저 나무를 둥글게 다듬은 다음, 속을 파들어 갑니다.

그래야 소리를 낼 수 있거든요."

그 말을 듣고 생각했습니다.

'그렇구나. 속을 비우지 않으면 소리가 나지 않는구나.'

방학숙제를 해야 한다고 빈 깡통을 찾는 조카를 보면서도

또 한 번 같은 생각을 했습니다.

언뜻 쓸모없이 요란하기만 한 것 같던

빈 깡통에게도 존재의 이유가 있었음을.

채울수록 가치 있다는 생각만이 정답은 아닌 것 같습니다.

빈 상자인 줄 모르고 무거운 물건을 올렸다가 그만,

그 큰 상자가 푹 꺼져 버리는 모습을 보았습니다.

그때는 또 이런 생각이 들었습니다.

폐품을 이용해서 소리 나는 악기를 만들어 오라는
숙제를 들고 온 조카가 가장 먼저 빈 깡통을 찾았습니다.
비어 있어야 소리가 난다는 것을 알고 있었나 봅니다.

비운다고 해서 다 좋은 것은 아니었구나, 라는 생각.
그 어떤 무거운 것도 잘 견뎌내기 위해서는
단단히 채워져야만 한다는 걸 새삼 느꼈습니다.
비우는 것만이 정답도 아니었습니다.
정답은 없습니다.
때로는 비우고, 때로는 채우면서 살아가는 것이
정답에 가까울 뿐.
삶이란 정말 까다롭고도 오묘합니다.

'세상의 모든 일에 대해 다 알아도 점점 더 모를 것은
나 자신이다.'
괴테가 이런 말을 남겼습니다.
비워야 멋진 소리를 내는 깡통인지, 채워야 쓸모 있는 상자인지…
아무래도 나에 대한 깊은 연구가 필요할 것 같습니다.

중독

술에는 알코올이 있어서, 담배에는 니코틴이 있어서,
커피에는 카페인이 있어서 꼼짝 못하게 되는 거라지만
당신에게는 무엇이 있어서… 내 마음이 이렇게 한없이 빠져드는 걸까.

눈을 뜨면서 생각합니다.

그 사람은 자고 있을까? 벌써 일어나 집을 나섰을까?

커피를 내릴 때… 그 사람이 마시는 커피의 취향을

내 몸이 벌써 기억해 냅니다.

밥은 먹었나?

지금 어디 있지?

그 사람도 나처럼 길을 걷고 있을까?

걸으면서 한 번쯤, 내 생각을 할까?

내가 있는 곳에 그가 있고,

내가 만나는 사람 속에도 언제나 그 사람은 늘 끼어 있습니다.

마음 안에 오직 그 한 사람만을 위한 집을 지어 놓고,

내 마음을 온전히 그 집 속에 가둡니다.

그 사람이 곁에 있어도, 그 사람이 곁에 없는 시간에도

나는 언제나 그 사람과 함께 있습니다.

왜 이렇게 되었을까…

한 사람에게 꼼짝없이 묶여 버린 마음에게
무심히 묻기도 하지만 답이 없습니다.
왜냐하면 그가 나를 가둔 것이 아니라,
나 혼자서 스스로 그에게로 걸어가 그에게 갇혀 버린 것이니까.
사랑이란 이유도 모를 중독입니다.
사랑하고 있는 동안은 빠져나올 길이 없습니다.
그 사람의 빛을 피할 길이 없습니다.
마치 별이 떠 있는 것처럼 온종일 반짝입니다.
바로 이것이 사랑의 힘, 사랑의 중독입니다.

이성선 시인의 '사랑하는 별 하나'라는 시가 있습니다.
'외로워 쳐다보면 눈 마주쳐 마음 비쳐 주는 그런 사람'을
꼭 한 번쯤 만나고 싶다는 시인의 노래처럼…
사랑에 중독되기를 두려워하지 말았으면 합니다.
사랑이란 마음에 별 하나를 키우는 '행복한 중독'이니까.

복숭아 연정

복숭아 좋아하세요?
그럼 '복숭아는 밤에 먹는 게 좋다'는 옛말도?

허기진 상태에서는 제철 복숭아 곁으로 가는 게 아닙니다.
그 달달한 향기 때문에 입 안 가득 군침이 돌고,
그 황홀한 단내에 현기증이 나기 때문입니다.
그런데 복숭아는 바로 이 향기와 맛 때문에 벌레가 많습니다.
말랑말랑하고 무르기 쉬운 과육 때문에 흠도 참 많습니다.
복숭아를 살 때, 세심히 살피지 않으면 낭패 보기 십상입니다.
벌레 먹어 도려내고, 흠이 나서 도려내고…
그렇게 버릴 곳을 다 도려내고 나면 먹을 것이 별로 없습니다.
그래서 정신을 바짝 차리고 구석구석 흠집 없이
성하고 실한 녀석으로만 골라잡아야 합니다.
복숭아를 밤에 먹으라고 하는 것도 이 때문입니다.
흠이 있어도, 벌레를 먹었어도, 눈에 보이지 않으면 그만입니다.
그저 꿀꺽, 삼키면 그만입니다.
물론 등잔불을 켜고 살던 옛 시절에나 통할 법한 이야기지만,
그 말 속에 담긴 뜻은 따로 있으니…
'모르는 게 약이다.' 이 말입니다.
더러는 모르고 넘어가는 것보다
더 좋은 해답은 없다는 것을 알려 줍니다.
둥글둥글 복숭아 하나가.

미투리와 짚신

옛사람들은 집을 나설 때
미투리와 짚신, 2개의 신을 챙겨 떠났습니다.
좋은 길을 걸을 땐 미투리를 신고,
산길을 걸을 땐 짚신으로 갈아 신었습니다.
푹신한 짚신은 산길에 널린 미생물을
죽이지 않고 갈 수 있기 때문입니다.

미투리는 삼으로 만든 신입니다.
그래서 짚신보다 더 고급스럽고 결도 훨씬 촘촘합니다.
걸어가는 사람의 입장에서만 본다면
좋은 길을 걸을 때 짚신을 신고,
산길을 걸을 때 미투리를 신어야 편합니다.
하지만 그 반대의 선택을 하게 되는 이유가
땅에 사는 미생물들에게는 짚신보다 미투리가
더 위험하기 때문이었습니다.
뿐만 아니라 옛사람들은 다래나무로 만든 지팡이로
땅을 두드리며 걸었다고 합니다.
콩콩콩, 지팡이가 울리는 소리를 듣고
작은 생물들이 밟히지 않게 그 길을 벗어날 수 있도록
신호를 준 것입니다.
짚신도, 미투리도, 다래나무로 만든 지팡이도 없는 지금.
문득 그런 옛사람들의 마음이 참으로 크게 느껴집니다.

배려하기 위해서는 그만큼의 불편을 감수해야 합니다.
그래서 어떤 사람은 결코 배려하지 않으려고 하고,
어떤 이는 그럼에도 불구하고 배려를 하려고 합니다.

이름을 불러 주세요

누군가의 이름이 알고 싶어진다는 것은
그 사람의 이름을 부르고 싶어서입니다.
누군가의 이름이 궁금해지는 까닭은
그 사람을 조금 더 깊이 들여다보고 싶어서입니다.
메타세콰이아.
이 한 그루의 나무에게 눈과 마음을 다 주게 된 것은
한겨울의 메타세콰이아가 그 어느 때보다도 빛나고
있었기 때문입니다.
누구에게나 빛나는 순간이 오고, 그 순간에는 '때'가 있나 봅니다.
그리고 그 '때'는 바라보는 사람들에 의해 결정되는 것이 아닐까
싶습니다.
내가 아무리 빛나고 있다 해도 누군가 그 빛을 보아 주지 못한다면
아무 소용이 없습니다.

봄 여름 가을 겨울, 한 해 내내 그 나무는 그 자리에 서 있었습니다.
그런데 꼭 1년 만에 나무의 이름이 궁금해졌습니다.
그 이름은 '메타세쿼이아(Metasequoia)'였습니다.

오늘, 내 이름을 불러 준 이들은 누구였지?
그들 중 누가 나의 빛나는 모습을 먼저 알아주었을까?
나는 또 그 누구의 빛나는 순간을 봐 주고,
그 이름을 불러 주었던가?

좋은 사람의 이름을 부릅니다.
기분이 좋아집니다.
그리운 사람의 이름을 불러 봅니다.
그리운 그 마음이 그에게로 한 걸음 다가가게 만듭니다.
누군가의 빛나는 모습이 보이거든
그의 이름을 불러 주며 말해야겠습니다.
'지금의 네가 참 좋다…'라고 말입니다.

애꿎게도 네 탓만…

집에 전화기를 처음 설치했다.
부모님은 도시에 사는 손자에게 맨 첫 단추를 눌렀다.
아버지가 번호를 눌렀고, 어머니는 전화기를 거꾸로 든 채
손자의 목소리를 기다렸다.
아무 소리도 들리지 않자,
어머니는 번호를 잘못 눌렀다며 애꿎게 아버지만 탓했다.

중국의 사진기자 지아오 보가 쓴

『나의 아버지 나의 어머니』라는 책에는

처음으로 전화기를 사용한 부모님 이야기가 나옵니다.

전화기를 설치한 기념으로 손자와의 통화를 시도하는

두 어른의 모습이 그려져 있습니다.

수화기를 거꾸로 든 어머니는 자신의 잘못은 모른 채,

애꿎은 남편만 탓합니다.

실은 참 사랑스러운 풍경입니다.

애꿎은 원망조차도 웃음을 머금게 하니까.

하지만 때로는 이 애꿎은 원망이 비수가 되기도 합니다.

의도하지는 않았지만, 사태 파악을 제대로 하지 못한 까닭에

누군가를 향해 화살을 날리게 될 때가 있습니다.

살면서 종종 이렇게 애꿎은 누군가를 탓하게 될 때….

오늘 하루! 내 말이, 나의 판단이, 나의 이기적인 생각이

누군가에게 괜한 원망을 쏟아내는 일이 생기지 않도록

신경 줄을 단단히 붙잡아 매 둘 일입니다.

입을 열었다 하면 남의 탓을 하는 사람이 있는가 하면,

모든 게 다 내 탓이라고 스스로를 벌하고,

반성하는 사람도 있습니다.

남의 잘못이든, 내 잘못이든…

'탓'하는 일은 너무 길지 말아야 합니다.

탓하다가 아까운 인생 다 흘려보내게 되면 어찌합니까.

옹기장수의 꿈

가난한 옹기장수가 있었습니다.
어느 더운 여름 날, 지게 가득 독을 지고
장으로 향하던 그는 무더위에 지쳐서 잠시
그늘에 앉아 쉬기로 했습니다.
쉬면서 궁리를 했죠.
'어떻게 하면 부자가 될 수 있을까?' 하고.

도대체 어떻게 하면 부자가 될 수 있을까? 그는 궁리를 시작했습니다.
'한 푼 어치를 대면 이 푼을 벌고, 이 푼을 대면 사 푼을 번다.
또 일 전 어치를 대어 이 전을 번다면
한 짐이 두 짐이 될 것이고, 두 짐이 네 짐이 될 것이다.
한 냥이 두 냥이 되고, 두 냥이 네 냥이 된다면…
종국에는 억만 냥이 될 것이다.'
가난한 옹기장수는 신바람이 났습니다.
독을 하나 팔아 이익이 남으면 그 돈으로 독 두 개를 사고,
그 돈으로 다시 독을 세 개 사고 하다보면
금방 부자가 되겠구나, 하는 생각 때문에
아주 신이 났습니다.
부자가 되면 사내대장부가 어찌 혼자 살겠는가?
논도 사고 밭도 사고 고래등 같은 기와집을 지은 다음
아내도 얻어야지.
가정이 있고 난 뒤에는 어찌 살림살이가 없겠는가.
게다가 일 처에 일 첩을 두는 것은 남아들의 흔히 하는 일.

곱디고운 첩 하나 두어야 할 것이다.

만약 처와 첩이 있은 뒤에 둘이 싸우게 된다면

혼을 내주어야지.

그래도 말을 안 듣고 투기를 하면 마땅히 이렇게 매를

칠 것이다….

생각에 생각이 보태어져 절정에 다다른 옹기장수.

지게를 고인 막대기를 뽑아서 휘두른다는 것이 그만,

지게를 쓰러뜨려 독이 모두 박살나고 말았습니다.

조선시대의 학자 조재삼이 자녀 교육을 위해 편찬한 책,

『송남잡지』에 실려 있는 어느 '독장수의 셈' 이야기입니다.

가던 길이나 얌전히 가면 좋았을 것을,

괜히 나무 그늘 밑에 앉아 허황된 꿈을 꾸더니

아까운 독을 다 잃게 되고 말았습니다.

그래서 일확천금을 헛된 꿈이라고 하는 것인가 봅니다.

가던 길을 멈추지 말아야겠습니다.

있는 꿈마저 잃기 십상이니 큰일입니다.

세상에서 산을
가장 잘 타는 사람은
'산에 오르면서 가장
재미있어 하는 사람'이라고 합니다.
하루하루의 즐거운 수고가
모여서 큰 산이 되는 법입니다.
하루아침에 큰 산을 옮겨 올 사람은
이 세상 어디에도 없습니다.

꽃을 피우는 사람

「내 뜰에 꽃을 피우고 싶으면 지금 뜰로 나가 나무를 심으십시오.
내 뜰에 나무를 심지 않는 이상 당신은 언제나 꽃을 바라보는 사람일 뿐
꽃을 피우는 사람은 될 수 없으니까요.」

박상술의 책 『모든 것을 가지려면 다 버려야 한다』에
이런 글이 실려 있습니다.
내 뜰에 나무를 심지 않는 이상,
절대로 꽃을 피우는 사람이 될 수 없다고.
누군가 심어 놓은 나무라면
바라볼 수는 있어도 내 것이 될 수는 없습니다.
그 나무가 피워내는 꽃과 열매도 내 것이 될 수는 없습니다.
언제까지나 남이 심은 아름드리나무를 구경만 하면서,
부러워만 하면서 살 수는 없습니다.
크든 작든, 질 좋은 토양이든 아니든,
내 땅에 내 나무를 심고 가꾸어 키워내는 일.
그래서 꽃을 피워내는 일.
이 수고로운 모든 일들이 하나의 인생으로 자라나는 것.
내 손으로 심은 나무에서 열매와 꽃을 거두는 것보다
더 큰 행복이란 없다는 것.
이 소담한 진리를 내 마음의 대문에 진한 글씨로
새겨 두어야겠습니다.
그런데 사실… 날마다 새겨만 둡니다.
그래서 꽃을 못 피우나 봅니다.

살면서 가장 행복했던 순간이 언제인가를 물었을 때,
헤르만 헤세는 이렇게 대답했습니다.
'열 살 때, 잠에서 막 깨어나 푸른 하늘을 보았던 그 순간'이라고.
이렇게 작은 순간들이 모여서 행복의 나무로 자랍니다.

유리 같은 마음, 거울 같은 마음

한 방향 거울의 원리는 가시광선으로부터 시작됩니다.
밖에서는 유리를 통과하지 못하고 반사되는 가시광선에 의해
마치 거울처럼 자신의 모습만을 볼 수 있는 반면,
안쪽에 있는 사람은 전등 빛이 유리를 투과해서 창밖의 물체에
반사된 다음, 다시 들어오는 그 빛을 통해 밖을 볼 수 있게 한 것입니다.
가시광선이란 사람의 눈으로 느낄 수 있는 파장을 가진 광선.
짧은 파장을 자외선, 긴 파장을 적외선이라고 합니다.
가령 파란색의 종이가 파란 것은 가시광선 중에서 파란색만을
반사하여 그 색깔만 감지되기 때문입니다.
이처럼 빛이 물체를 만나면 반사, 산란, 흡수, 투과,
이렇게 네 가지의 작용을 일으키는데 그 작용은 물체마다 다릅니다.
거울은 가시광선의 대부분을 반사하지만 유리는 대부분의 빛을
투과합니다. 그렇기 때문에 유리 뒤에 반사 물질을 발라야만
거울이 되는 것입니다.
가시광선이 반사하는 것을 보면 그 물체가 가진
속성을 알 수 있는 것도 같은 원리입니다.
이런 원리를 손쉽게 체험할 수 있는 방법이 있습니다.
어떤 물체에 얼굴을 가져다 댔을 때
자기 얼굴이 비춰지면 반사가 일어나는 것이고,

안에서는 밖이 잘 보이지만,

밖에서는 안이 보이지 않는 신기한 유리가 있습니다.

우리는 이런 유리를 '한 방향 거울'이라고 합니다.

얼굴이 전혀 비춰지지 않으면 반사가 일어나지 않는 것입니다.

유리와 거울. 단지 종이 한 장의 차이일 뿐인 두 물건이

전혀 다르게 쓰이는 이유가 바로 여기에 있습니다.

반사하느냐, 혹은 투과하느냐…

그 빛의 갈 길이 다르기 때문에 유리가 되거나

거울이 되는 것입니다.

마음과 마음이 만나도 반사, 산란, 흡수, 투과 같은

네 가지의 작용을 일으킵니다.

받아들이고 싶지 않을 때는 마음에도

반사 물질이 발라져 투과되지 않습니다.

100% 투과되는 유리와 100% 반사되는 거울처럼,

마음에도 유리 같은 마음과 거울 같은 마음이 있습니다.

물론 두 마음의 차이는 백짓장 한 장 만큼이나

가벼운 것이겠지만.

유리처럼 마음이 다 들여다보이는 사람이 있는가 하면

거울처럼 나를 비춰 보게 만드는 사람도 있습니다.

나는? 나는 다 보이는 사람?

아니면 자기 속은 보여주지 않는 사람?

너, 얄미운 훼방꾼

논밭에서 탐스럽게 여물어가는 곡식들에게는
새들이 훼방꾼입니다.
그 새를 쫓기 위해 허수아비를 세워 놓고 보니
이제 새들에게도 훼방꾼이 생겼습니다

'어떻게 하면 저 곡식들을 보다 안전하게 지킬 수 있을까?'
농부들은 고민 끝에 허수아비를 만들어냈습니다.
막대기 두 개를 열십자로 고정시킨 다음, 모자를 씌우고
옷을 입혀서 사람처럼 보이게 했습니다.
이번엔 새들에게 허수아비가 훼방꾼이 되었습니다.
하지만 허수아비의 정체는 곧 탄로가 나고 말았습니다.
어제도 오늘도 그저 우두커니 서 있기만 하는 허수아비들은
새들에게 더 이상 두려운 존재가 될 수 없었으니까.
그러자 새들은 다시 가을 논밭의 훼방꾼이 되었고,
농부들은 또 다시 그 훼방꾼을 쫓을 방법을 강구해야 했습니다.
허수아비에게 총을 들리고, 사냥꾼들이 입는 옷을 지어 입히고,
허수아비의 몸에 새들이 두려워하는
천적의 울음소리를 녹음한 음향기기를 붙이는가 하면,
바람 불면 소리 나는 빈 깡통을 줄줄이 이어 붙여 놓았습니다.
바람이 불면 움직이는 부분에 맞춰서 반사되는 물체를

부착시켜 보기도 하고, 자동적으로 발사되는
카바이드 대포도 설치해 놓았습니다.
그럼에도 불구하고 새들은 여전히 가을 논밭의 훼방꾼입니다.
어쩌면 논밭의 탐스러운 곡식을 쪼아 먹으려는 새들과
그것을 지키려는 농부들의 방해 공작은 끝나지 않는
싸움 같습니다.
훼방꾼과 싸우는 동안에도 벼는 익어 가고,
새들은 무르익은 벼이삭을 쪼아 먹으면서 살아가고 있으니까.

'나는 지금 무엇이 두려워 도망치려 하는가?'
내면을 향해 묻습니다. 하지만 하나의 두려움을 떨치고 나면
또 다른 두려운 존재가 내 앞을 가로막습니다.
조금 더, 조금만 더…
지능적인 허수아비를 준비하지만 소용없습니다.
왜냐하면 그것들을 이겨내기 위해서 살아가고 있으니까.

한 입, 아이스크림 사랑

한 아이가 아이스크림을 먹고 있습니다.
그 옆에는 아이스크림 먹는 아이를 부러운 듯
쳐다보는 아이도 있습니다. 이 아이에게는
그 어떤 값비싼 선물도 부럽지 않습니다.
다만, 저 아이처럼 아이스크림 하나 선물 받고 싶은 마음 이외에는.

바로 옆에서 달콤한 아이스크림을 먹고 있는 친구를
하염없이 바라보고 있는 아이.
지금, 이 아이에게 가장 부러운 것은 바로 막대 아이스크림입니다.
부러워서 갖고 싶은 것, 한 입 베어 물고 싶은 것.
너도 사먹으라고 누군가 지갑을 열어 돈을 내주는 일보다
'너도 한 입 먹어 보라'고 건네주는 아이스크림 한 입이
훨씬 더 큰 기쁨일 것입니다.
갖고 싶은 것이 많은 세상이지만 모든 순간에
그 모든 것이 다 갖고 싶은 것은 아닙니다.
지금 내게 꼭 필요한 것, 정말 먹고 싶은 것,
나를 위해 누군가 해 주었으면 하는 일들.
어쩌면 함께 있는 사람에게 지금 이 순간 꼭 필요한 것은
대단히 크고 거창한 게 아니라,
이렇듯 사소하고 하찮은 것일지도 모릅니다.

큰 것을 주겠다는 마음으로 미루기보다
한 입의 달콤함을 지금 건네는 일.
이 작은 마음이 큰 감동을 남깁니다.

건강 지수라는 게 있듯이
감동 지수라는 것도 있을 것 같습니다.
날 찾아주는 전화 한 통에,
나를 위해 준비한 따끈한 차 한 잔에,
내 손을 잡아 주는 마음 한 조각에,
혹은 조용한 새소리 하나에도
감동하게 되었던 순간을 떠올려 보면…
그 작은 감동들을
내 곁의 사람들과 함께 나누고 싶어집니다.

다하지 못한 말

「말하지 않는 사람들의 마음속에는
그저 담아 두기만 한 사랑이 생각보다 훨씬 더 많다.
고맙다, 사랑한다, 미안하다…
사람들은 마음에 담은 말을 늘 뒤로 미룬 채로 살아간다.」

미국의 시인 에드윈 알링턴 로빈슨이 말했습니다.

사람들에게는 그저 담아 두기만 한 사랑이 생각보다

훨씬 더 많다고.

말하지 못했던 그 말의 숫자만큼,

'그때 말할 것을…' 하면서 후회할 일의 숫자도 늘어만 갑니다.

말할 기회를 놓친 말들은 가슴을 무겁게 합니다.

다 알고 있다고, 꼭 입으로 말을 해야 아느냐고 하지만

고맙고, 미안하고, 사랑하는 모든 감정들은

말하지 않으면 그만큼 옅어지게 마련입니다.

가슴에 담아 둔 말들이 있거든

느끼고 있을 때 말하기, 지금 말하기….

그렇지 않으면 그 사랑의 마음이 자꾸만 옅어진다고 하니까.

그런데 몇 번을 말해도 알아듣지 못하는 나입니다.

'마음이 어두운 사람에게 한두 마디의

아름다운 말을 건넬 수 있으면서도

그 말을 아끼는 것은

마치 초가 아까워서 어둠 속에 있는 것과 같다.'

미국 대통령 토마스 제퍼슨의 명언처럼,

말을 아끼는 실수가 사람과 사람 사이의

길을 암흑으로 만듭니다.

하고 싶은 말을 한다는 것은

마음에 등불을 놓는 일입니다.

첫사랑

작가 최인호는 『사랑아, 나는 통곡한다』라는 에세이집 속에
벤저민 디즈레일리의 사랑 이야기를 이렇게 소개하고 있습니다.
'영국의 명재상이었던 디즈레일리와 그의 부인 매리인의 사랑 이야기는
진실한 사랑의 한 예입니다.
디즈레일리는 유태인으로, 처음엔 작가 지망생이었지만
나중엔 눈을 돌려 정치가로서 입신하려 하였습니다.
그러나 영국 사회는 가난하고 못생긴
디즈레일리에게 따뜻한 손길을 보내지 않았고,
이로 인해 그는 한때 절망에 빠져 자살을 기도하려고까지 했습니다.
이때 디즈레일리는 한 번 이혼한 경력이 있는
12년 연상의 미망인 매리인을 사귀게 되었습니다.'

이렇게 시작된 두 사람의 사랑을 희석시킬 수 있었던 것은
사실 아무 것도 없었습니다.
어느 날, 대화 도중에 『걸리버 여행기』가 언급되자,
"이 다음에 꼭 걸리버 씨를 초대하고 싶다"고
말했을 정도로 무식했다는 매리인.

「첫사랑이 신비로운 것은
그것이 끝날 수 있다는 것을 모르기 때문이다.」
영국의 정치가이자 작가였던
벤저민 디즈레일리(Benjamin Disraeli)의 말입니다.

그러나 디즈레일리는 믿기지 않을 정도로 무식하고,
무려 열두 살이나 많으며, 내세울 것 없는 이혼녀였던 매리인을
훗날 재상이 된 이후에도 변함없이 아끼고 사랑했습니다.
그래서 이런 질문까지 받았다고 합니다.
'어째서 그런 여인과 결혼을 하셨나요?'
이 질문에 대한 디즈레일리의 답변은 이랬습니다.
"지금의 나라면 누구든지 결혼하자고 했을 것입니다.
하지만 그 당시에 내게 관심을 기울여 준 사람은
오직 그녀뿐이었으니까요."

첫사랑이 없었다면…
내 인생에 사랑이란 존재하지 않았습니다.
첫사랑이 귀한 것도,
영원히 버릴 수 없는 것도 그래서입니다.

똑같은 하루

어제와 똑같은 밤인데도 소풍 가기 전날 밤은
유난히 길고 지루했습니다.
좀처럼 잠을 이루지 못하고, 어서어서
내일이 오기만을 기다렸습니다.
오늘이 어서 가기만을 기다리는 사람,
오늘이 가는 것이 마냥 즐겁기만 한 사람은
미리 준비해 둔 내일이 있는 사람입니다.

말끔하게 오늘 숙제를 다 끝낸 날은 내일이 오는 게
무겁지 않습니다.

새 구두나 새 옷을 산 날은 그것을 신고 입어 볼 생각에
내일이 오는 것이 마냥 신나고 설렙니다.

드디어 내일, 기다렸던 사람을 만나기로 약속한 사람에게도
내일은 하나의 꿈이고, 기쁨입니다.

하지만 늘 똑같은 내일이
다 똑같이 오는 것은 아닙니다.

때로는 두렵게,

때로는 거짓말처럼,

때로는 눈물처럼,

누군가의 내일은 그렇게 오기도 합니다.

오늘이 지나가는 것이 신나는 일이 되기 위해서,

내일이 다가오는 게 마냥 기쁜 일이기 위해서는

준비된 내일이 필요하다는 것을 배웁니다.

철저하게 예습된 내일이 있다면,

매일매일 다가오는 내일이 그렇게 준비되어 있다면…

내일은 언제나 가장 기다려지는 날이 될 것입니다.

열심히 일하는 사람에게 일주일은

7일 동안이 '오늘'이라고 합니다.

반면 게으른 사람에게 일주일은

7일 동안이 '내일'이라고 합니다.

오늘을 단 한 번뿐인 오늘로

귀하게 여기면서 살 수 있는 사람이고 싶습니다.

오늘 문득

「혼자 느닷없이 여행을 떠난다.
누군가에게 살아 있어야 할 이유를 준다.
다른 사람이 이기게 해 준다.
아무 날도 아닌데 아무 이유 없이 친구에게 꽃을 보내고,
특별한 이유 없이 한 사람에게 열 장의 엽서를 보낸다.」

누군가 평소에는 하지 않던 생소한 일을 하게 되면
'죽을 날 받은 사람처럼 왜 그러지?'라고 묻게 됩니다.
진즉에 했으면 좋았을 일들을 뒤늦게 하고 있는
그 사람을 보면서 '갑자기 왜 이러지?' 싶습니다.
문득 데인 셔우드라는 사람이 뽑아 본 목록이 떠오릅니다.
세상을 떠나기 전에 꼭 해 볼 일들을 리스트로
작성해 놓은 것들이었습니다.
혼자 떠나 보는 여행도,
내가 아닌 다른 사람이 이기게 해주는 일도,
이유도 없이 꽃을 보내는 일도 다 좋지만…
그 중에서 특히 '누군가에게 살아 있을 이유를 준다'는 것이
마음에 들었습니다.
누군가에게 살아 있을 이유를 주기 위해서는
내가 살아야 할 이유를 알고 있어야 할 테니까.
나는 알고 있나.
나는 내가 살아 있어야만 하는 이유를 알고 있나.

어쩌면 세상을 떠나기 전에 꼭 해야 할 수많은 일들 중에서도
가장 중요하게 살펴야 할 일은
지금 내가 살아 있어야만 하는 이유를 찾아내는 것,
이것이 아닐까 싶습니다.
그래야 나도 살고, 남도 살릴 수 있으니까.
살아 있어야만 하는 이유는 어딘가에 분명히
숨어 있을 것입니다.
그러니 꼭 찾아내어야만 합니다.

깊은 밤 주소록을 펼쳐 들고 친구들의 눈매와
그 음성을 기억해내는 계절이 바로 '가을'이라고 이야기했던
법정 스님의 말이 떠오릅니다.
가까운 사람들을 하나둘 떠올리다 보면
'내가 살아야만 하는 진짜 이유'를 찾을 수 있게
될지도 모르겠습니다.

꽃다발 같은 사람

꽃집에는 여러 가지 꽃들이 있습니다.
연주회에 가져갈 꽃다발,
상갓집에 보내질 조화, 생일 축하 꽃바구니,
연인에게 줄 장미 백 송이….
어떤 꽃은 축하, 또 어떤 꽃은
응원이나 위로가 되기도 합니다.

어떤 날, 꽃집 앞에 서서 문득 생각에 잠겼습니다.

저 꽃들에게는 무슨 힘이 있어서

사람의 마음을 움직일 수 있는 것일까, 하고.

누군가의 마음을 움직이는 것보다

더 위대한 일은 없을지도 모른다는,

그렇다면 꽃들은 참으로 위대한 존재라는…

꼬리에 꼬리를 무는 생각들이 이어졌습니다.

누군가에게 기쁨이 된다는 것.

누군가에게는 설렘을 주고,

또 누군가에게는 한없는 슬픔을 다독이는 손길이 되고,

그리고 어떤 이에게는 그토록 원하던

사랑의 결실이 될 수도 있는 것이 바로 꽃입니다.

꽃을 닮은 사람이고 싶다는 생각을 했을 때는 그저 단순히,

꽃의 향기와 빛깔, 그 아름다움을 닮고 싶더니

꽃의 의미를 조금 더 세심히 살펴보고 난 후에는

꽃다발 같은 사람이 되고 싶다는 생각이 들었습니다.

기쁨이 되고, 설렘이 되고, 슬픔과 눈물이 되고,

그리고 뜨거운 사랑이 되기도 하는 꽃다발처럼…

꼭 그런 사람이 되고 싶어졌습니다.

누군가의 꽃다발의 되어 산다는 것.

이 또한 참 행복한 일인 것 같습니다. 상상해 보니.

아메리칸 인디언들은 어떤 말을 만 번 이상 되풀이하면
그 일이 반드시 이루어진다고 믿었습니다.
너의 꽃다발, 그렇게 고운 향기와 빛깔을 지닌 꽃이 되겠다고
만 번만 되풀이해서 말해 보는 건 어떨까 싶습니다.

그때그때 달라요

블루마운틴 아니면 모카커피,
카푸치노 혹은 카페라테, 그것도 아니면
달달한 비엔나커피, 이것마저도 아니라면
생각할 필요 없이 그저 블랙커피 한 잔!

블루산(Mt. Blue)에서 나고 자란 블루마운틴,
신맛과 단맛, 쓴맛이 화음처럼 어우러진 최상의 맛.
카페인이 적게 들어 있어 저녁에 마시기 좋은 모카,
초콜릿맛, 신맛 그리고 꽃향기의 황홀한 어울림.
풍부한 거품이 일품인 이탈리아식 커피 카푸치노,
우유를 섞은 커피에 계핏가루를 뿌려 완성하는 맛.
에스프레소에 따뜻한 우유를 섞어 만드는 아침 커피 카페라테,
거품이 거의 없거나 아주 적어 담백하게 마시는 즐거움.
커피가 담긴 잔에 휘핑크림을 듬뿍 얹는 비엔나커피,
스푼으로 젓지 않고 크림과 커피가 조용히 섞이도록 즐기는 맛.
커피의 맛은… 다 다릅니다.
원산지가 다르고, 종자가 다르고, 섞는 게 다르고…
모양은 같아도, 갈아 놓으면 더 같아도,
그 맛이나 향은 저마다 다 다릅니다.

그런데 또 다른 게 있습니다.

그건 내가 원하는 커피의 맛입니다.

왜냐하면 내가 좋아하는 커피는 그때그때 다르기 때문입니다.

달콤한 게 당기는 날이 있고,

부드러운 거품에 섞이고 싶은 날도 있고,

뒷맛까지 깨끗하게 맑은 게 좋은 날도 있고,

한 방울의 위스키로 취하고 싶은 날도 있으니까.

그도 아니라면 진하게, 슬픔처럼 쓰디쓴 에스프레소…

딱 그런 기분인 날도 있으니까.

그때그때 다른 내 기분에 맞춰

그때그때 골라잡을 수 있는 커피가 있다는 것.

이것도 살아 있는 작은 기쁨입니다.

내 마음에 맞춤으로 딱 들어맞는 커피를 골라 짝지으면서

그렇게 하루를 시작하거나, 그렇게 하루를 접어 보는 것도

참 기분 좋은 일입니다.

"커피 한 잔 해요, 우리"라고 말할 수 있는 사람.

붕붕 커피를 갈고, 물을 부어, 그 쓴 물이

지독히 황홀한 향기로 변해 가는 걸

찬찬히 느끼면서 함께 쉬어 가고 싶은 사람.

기분대로, 취향대로 골라 마시는 커피처럼

내 기분, 내 취향을 먼저 읽어 주는 커피 같은 사람.

그런 사람이 있었으면.

나도 누군가에게 그런 사람이었으면.

두 사람을 위한 자리

옛사람들은 공간을 측정할 때,
인체의 길이로 그 단위를 정했습니다.
가령 '한 칸'이라고 하면,
혼자 눕고도 뒹굴뒹굴할 수 있는 정도,
그러니까 둘이서 짝지어 누우면
알맞은 공간을 의미하는 것이었습니다.

'아흔아홉 칸의 큰 집이 무슨 소용인가,

정작 내 한 몸 편히 뉠 수 있는 공간은 한 칸이면 족하다.'

옛 말 중에 흔히 등장하는 문장입니다.

여기서 말하는 '한 칸'의 의미를 자세히 살펴보다가

새삼 작은 깨달음 하나를 얻었습니다.

한 칸이란 혼자 눕고도 충분히 여유로운 너비,

둘이 있기에 딱 좋은 너비라고 하니 말입니다.

대궐 같이 넓은 집보다는 너와 내가 함께

마음 편히 머물 공간이 더 중요하다는

그런 의미였을 것입니다.

그 한 칸의 공간만 있으면 내 마음을 편히 뉠 수 있다는

소박한 지혜를 품고 살았다는 뜻일 겁니다.

그렇다면 나는 한 칸이면 충분한 사람인가, 아닌가.

나의 한 칸에 같이 머물러 줄 사람은 있는가.

있다면… 누구인가.

지금 머릿속에 떠오른 바로 그 사람이

인생길에 동행하고 싶은 참 귀한 사람일 것입니다.

이런 생각에 잠겨 보는 것은 어떨까 싶습니다.

인생이 한 칸이라면 그 인생 속에 무엇을 들여놓을까,

하고 말입니다.

'어떤 말'이, '어떤 사람'이, '어떤 일'이 나를 가장 편하게

만들어 주는가?

그것을 알면 내가 어떤 사람인지도 자세히 알게 될 듯 싶습니다.

단순하게!

비는 반드시 그칩니다.
비에 젖은 우산과 옷도 비만 그치면 곧 마릅니다.
비를 머금은 구름 뒤에는
여전히 빛나는 태양이 있기 때문입니다.

비가 오면 우산을 써야 하고, 우산을 쓰려면

손을 하나 비워야 합니다.

가뜩이나 들고 다녀야 할 것도 많은데 손 하나를 비우려면

두 손으로 나눠 들고 있던 짐을 한 손에 모두 들어야 합니다.

그래서 비 오는 날엔 짐이 하나 더 늘어납니다.

우산이라는 짐이.

마음에 비가 내릴 때도 마찬가지가 아닐까 싶습니다.

조금 덜 젖게 하려고 애쓰는 마음 또한

짐이 하나 더 늘어난 것처럼 무거운 일일 것입니다.

하지만 비는 반드시 그칩니다.

그러니 좀 맞으면 어때? 젖으면 또 어때?

곧 큰 비가 쏟아질 것처럼 먹구름이 끼어 있는 마음일 때,

이렇게 단순하게 생각해야겠습니다.

'오는 비야 어쩌겠어. 그저 맞아 낼 수밖에.

조금 젖으면 또 어때. 다시 보송보송 말리면 그만이지.'

매일매일 달라지는 날씨처럼

매일매일 달라지는 인생인 걸 어쩌겠습니까.

단순하게 생각할 수밖에!

「두 마리의 산비둘기가 서로 사랑했답니다.

그 나머지는 말할 수 없습니다.」

장 콕토 (Jean Cocteau)의 '산비둘기'라는 시입니다.

정말 간단하고 단순합니다.

인생이란 이런 것입니다.

너에게 반한 이유

외모가 훌륭한 사람이 그렇지 못한 사람보다
유머 감각이 뛰어나고, 재능 있고,
성격도 좋을 거라고 생각하는 것.
이런 현상을 두고 '후광효과'라고 합니다.

어떤 사람에 대해 판단할 때 그 사람이 지닌 하나의 긍정적인 특성,
또는 부정적인 특성이 그것과 전혀 관계없는 그 사람의
다른 부분들을 긍정적 또는 부정적으로 일반화시키는 경향.
이것을 '후광효과'라고 합니다.
가령 처음 접한 사람의 외모가 좋거나 신체적 매력이 있다면
그렇지 못한 사람들에 비해 어쩐지 사회적으로 더 지위가 높고,
경제력도 뛰어나며 지적일 거라고 생각하는 것.
즉, 신체적 매력으로 인해 다른 면도 좋게 평가되는 것을 말합니다.
따라서 '첫눈에 반했다'라고 하는 말은
'첫눈에 그 외모에 반했다'라는 것과 같은 뜻일 확률이 높습니다.
하지만 늘 이렇게 신체적인 매력만이 그 사람의 이미지를
좌우하는 것만은 아닙니다.
처음 봤을 때는 별 감정을 느끼지 못하다가
마주치는 횟수가 늘면 늘수록 왠지 친근하게 느껴지는 현상.
이것은 '근접성의 원칙' 때문입니다.

나와 비슷한 가치관, 비슷한 취미, 비슷한 가정환경에서
자란 사람에게 끌리는 것,
이것은 '겉맞추기 원리' 때문에 그렇다고 합니다.
물론 비슷한 사람에게 끌리는 겉맞추기 원리가 있다면
그 반대가 되는 경우도 있을 겁니다.
이것은 '욕구 상보성 가설'이라고 합니다.
참 복잡하게도 '사람에게 끌리는 이유'는 한 가지만 있는 게
아닙니다.
이런저런 마음을 움직이게 하는 다양한 요소들이
한데 섞여서 마음을 움직입니다.
처음에는 후광효과 때문에 끌렸다가,
근접성의 원칙으로 조금 더 가까워지고,
겉맞추기 원리에 딱 들어맞는 사람이라 깊어지는 일.
이렇게 차차 끌리는 사람이 될 수 있다면
'관계의 지속성'도 그만큼 길어질 것입니다.

탁월한 외모로 '후광효과' 덕을 보고 있다고
마냥 콧대를 높일 일은 아닙니다.
'못 생긴 나무가 산을 지킨다'는
보다 심도 깊은 원리도 있으니까.

'나'는 누구인가요?

코스모스와 과꽃, 갈대와 억새는 바람에 저항하지 않습니다.
바람 부는 대로 흔들립니다.
바람에 몸을 맡기고 서 있는 꽃과 풀들,
그들에게서 바람 부는 대로 몸을 맡기고 얻는
편안함이 무엇인지를 배우고 싶습니다.

늘 애쓰면서 사느라 내가 어떤 사람인지를 몰랐습니다.
앞만 보고 달리느라 내 안을 들여다볼 겨를이 없었습니다.
오래오래 전, 아직 무채색이었던 내 영혼에는
지금 너무 많은 빛깔이 물들여져 있습니다.
화를 내느라 붉어지고,
슬픔의 블루가 깃들고,
노랗게 달뜨거나 혹은 검디검게 어두워지고,
주홍빛 흥분 상태에 몸을 맡기기도 했습니다.
보랏빛 사랑에 빠지기도 하고,
우윳빛으로 순해지기도 하고,
희망의 초록으로 물이 들기도 했습니다.
그러는 사이, 나는 너무도 많은 빛깔을 품게 되었습니다.
그러는 사이, 진짜 내가 어떤 사람인지를

잊었는지도 모르겠습니다.

코스모스, 억새, 갈대 그리고 과꽃.

가을 들판의 꽃과 풀들은 바람에 제 몸을 맡긴 채

철부지처럼 흔들립니다.

그 모습을 보니 문득, 이런 생각이 들었습니다.

'마음 가는 대로' 살아 보는 것은 어떤가.

마음에서 힘을 빼고, 내 마음이 가는 그대로 내버려 두는

무심함도 때로는 필요한 게 아닐까, 하고 말입니다.

억지를 쓰면서 여기까지 데려온 내 마음에게

잠시라도 휴식을 주는 겁니다.

원하는 대로 해 보라고, 꿈꾸는 그 길을 걸어 보라고.

때로는 이렇게 마음 가는 대로 걷는 샛길 하나쯤

새로 만들어 보는 연습,

오늘을 사는 우리에게 꼭 필요한 일이 아닐까 싶습니다.

그러고 보면 사는 데는…

꼭 필요한 일이 참 많은 것 같습니다.

나는 누구인가?

나를 이루고 있는 것은

몸무게도, 키와 나이도, 주민등록번호도 아닙니다.

이렇게 사소한 숫자들이 아니라,

무엇을 보고 가슴이 울렁거리는지,

무엇을 할 때 신바람이 나는지…

이것부터 알아야 내가 누구인지를 알 수 있습니다.

우리는 왜 그렇게 미워했을까

이 모든 일들이 다 지나가면, 우리가 가진 화살을 서로에게 다 쏘고 나면,
어쩌면 그때는 서로가 묻게 될지도 모르겠습니다.
아무 것도 아닌 그 일로 그때 우리는 왜 그렇게 서로를 미워했을까, 라고 말입니다.

아일랜드의 시인, 제임스 스티븐스(James Stephens).
그는 '미움'이라는 제목의 시를 통해
'미움을 풀어 가는 방법'을 보여 줍니다.

_ 먼저 말을 건넨다.

_ 이 일은 지나가고 마는 거라고 생각한다.

_ 화살 쏘기를 그만둔다.

_ 미워하는 이유는 지극히 하찮은 거라고 생각해 본다.

_ 결국 이런 일은 어리석은 거라고 생각해 본다.

스티븐스가 보여준 미움 풀어 가기의 다섯 가지 단계.
이 단계를 한 계단씩 천천히 오르고 나면,
가슴에 새겨져 있는 미움이란 말도
흔적 없이 지워지지 않을까.
울음과 웃음, 사랑과 미움의 공통점은
그리 오래가지 못하는 것들이라는 점입니다.
오래가지도 못할 것들에게 매여
마음 다치는 일은 이제 그만 두는 게 좋겠습니다.

그림자에게 묻다

태양이 높게 뜨는 여름은 그림자의 길이가 짧습니다.
반면, 태양이 낮게 뜨는 겨울엔 그림자의 길이가 길어집니다.

그림자는 빛이 있는 곳에서 생깁니다.
빛이 있어야 비로소 그림자가 생긴다는 뜻입니다.
태양이 높게 뜨는 여름보다
태양이 낮아지는 한겨울에
그림자의 길이는 한결 길어집니다.
높은 곳에 올라 있을 때는 내 마음의 그림자를
똑바로 볼 수 없더니
낮은 곳으로 발걸음을 내려딛은 후 비로소 보게 된다는 것.
어쩌면 이것도 그림자의 원리와 같은 것이 아닐까.
그러니 너무 높이 오르려고만 하지 말아야겠습니다.
낮은 곳에 서서 내 마음이 기우는 모습을 보고,
내 마음의 그림자가 한껏 길어지도록 다독이기도 하면서
그렇게 가는 게 좋겠습니다.

그림자는 오직 나의 진짜만을 비추고 있다는 것.
내가 그림자를 살펴야 하는 이유도 여기에 있습니다.
그래야 긴긴 인생이 조금 덜 고단하고,
조금 덜 외로울 것입니다.

당신이 주인공입니다

「참새랑 까치는 자기네는 안 그리는 줄 알고
그냥 가려는 중이고
앞뜰의 동그란 나무와 머리끝이 뾰족한 나무는
짐짓 바른 자세로 섰는데
아이와 말라깽이 강아지는
뭐하는 할배인가 빤히 올려다보네.」

'화가 장 씨가 그림을 그릴 때'라는 제목을 가진 윤제림의 시입니다.
여기서 장 씨는 장욱진 화백입니다.
새와 나무, 해와 달, 강아지와 소를 화폭에 담았던 화가.
장욱진을 그린 윤제림의 시에서 보고 싶은 것은
재미있는 '시선들'입니다.
바른 자세로 서 있는 나무.
설마 나를 그리려는 것은 아니겠지, 하면서
자유자재로 날아다니는 참새와 까치.
그런가 하면 어린 아이와 강아지는
자기들을 그리는 줄도 모르고 화가 할배를 쳐다보며
뭐하는 사람인가, 하고 있습니다.
그 즐거운 시선들은 고스란히 화폭으로 옮겨져
참 행복하고 평화로운 풍경 하나를 그려 냈습니다.
화가가 보고 있는 시선 속에는
내 모습 그리고 당신의 모습이 담겨 있습니다.

우리는 모두가 다 주인공인데도
주인공이라는 사실도 모른 채
설마 나를 그리려는 건 아니겠지, 라고 생각하고 있습니다.
보는 사람은 아는데 나만 모르는 사실.
이제는 나도 나를 알아주어야 할 때가 되었습니다.

중앙선을 노랗게 칠하는 까닭은
노란색이 사람의 눈길을 끌기 때문입니다.
사고 다발 지역이나 위험 물질을 알리는 표지판 글씨가
빨간색인 까닭 역시 빨간색이 눈에 잘 띄기 때문이고,
비상구가 녹색인 까닭도 녹색이
눈에 잘 보이는 색깔이기 때문입니다.
저마다 색은 달라도 저마다 주인공인 이유…
이렇게 따로 있습니다.

커피 이야기

무언가를 먹고 난 뒤 유난히 에너지가 넘치는 염소들을
의아하게 여긴 목동.
그는 염소들이 먹고 있는 열매를 따서 오물오물 씹었습니다.
그런데 이게 웬일입니까.
금방이라도 춤을 출 것 같은 기분이 드는 것입니다.
그 목동의 체험으로 인해 '이상한 열매가 있더라'는
소문이 퍼져 나갔고, 사람들은 먹으면 기분이 좋아지는
그 열매를 너도나도 탐내게 되었습니다.
그 후 오랜 세월이 지나면서 열매는
지금 당신과 제 앞의 커피 한 잔으로 놓여 있게 된 것입니다.
사실, 언제부터 커피를 마시게 되었는지
커피의 기원에 대한 정확한 기록은 없다고 합니다.
단지 이런저런 문헌에 실려 있는 이야기들로
'아, 그때도 커피가 있었구나' 하는 정도의 예측을 할 뿐.
기원이야 어떻든 커피는 역사상 가장 사랑 받는 음식으로
각광 받고 있습니다.

'칼디(Kaldi)'라는 이름의 목동. 가뭄이 계속되자
그는 염소에게 풀을 먹이기 위해서 조금
먼 곳까지 염소 떼를 몰고 갔습니다. 그런데 이 염소들이 무얼 먹었는지
평소보다 더 껑충껑충 뛰더랍니다. 궁금한 마음에 그는,
염소들이 먹고 있던 열매를 따서 먹어 보게 되었습니다.

심지어 베토벤(Ludwig van Beethoven)은
60알의 원두를 갈아 만든 한 잔의 커피로
아침 식사를 대신했을 정도라고 하니 두 말할 필요가 없습니다.
그런데 한 가지 재미있는 사실은 어떤 부류의 사람들이
커피를 즐겨 마셨는지, 그 역사를 살펴서 정리해 둔 기록입니다.
보헤미안 기질이랄까? 관습에 구애되지 않는 방랑자,
자유분방한 생활을 하는 예술가와 문학가, 배우, 지식인들?
즉, 집시 기질이 있는 사람들이 커피를 즐겨 마신다는
기록이 있습니다.
그러니까 아침에 일어나자마자 일단 커피 한 잔을 마셔야
눈이 떠지는 당신이라면,
쌀이 떨어져도 걱정이 안 되는데 커피가 떨어지는 일은
절대로 없어야 하는 당신이라고 한다면,
누가 와서 '차 한 잔 하자'라고 할 때
열 번이면 열 번을 꼬박 커피만 마셔 대는 당신이라면…
그렇다면 당신 몸에는 바로 이런 보헤미안의 기질이
흐르고 있다고…
그렇게 생각해도 좋을 것 같습니다.

커피 없이는 살 수 없다?

그렇다면 보헤미안 기질을

타고난 사람입니다,

당신은.

그러니 그 어느 누구보다도 당신 자신을

조심해야 합니다.

언제 또 그 집시 기질이 화산처럼

폭발해 버릴지 모르니!

Why

Me

?

만일 당신이 행복해지길 바란다면
스스로에게 절대로 묻지 말아야 할
세 가지 질문이 있습니다.
'만약에 그렇게 되면 어쩌지?'
'정말 그렇게 되는 거 아냐?'
'왜 하필이면 나야?'

Good
Think
Good
Life

3장

조금 더
행복해지기 위하여

생각의 각도

한 아이는 '나무에 매달린 판다 같다'고 하고,
다른 아이는 '등 굽은 할아버지의 뒷모습 같다'고 합니다.
아이들 앞에는 구부정하게 자란 소나무 한 그루가 서 있었습니다.

구부정하게 자란 한 그루의 소나무도
그것을 바라보는 사람에 따라 다르게 보일 수 있다는 것.
어느 날 문득, 어린 아이들의 대화를 엿듣다가 깨달았습니다.
어디 소나무뿐일까?
내겐 한없이 고운 무엇이, 누군가에게는 독이 될 수도 있는 게
바로 사는 일입니다.
아이들의 소나무가 서 있던 그 자리에
지금 내가 하고 있는 깊은 생각과 고민을 대신 세워 봅니다.
내게는 한없이 무거운 일들이 누군가에는 실바람 같은
가벼운 일이 될 수도 있습니다.
나는 별 일 아니라고 여기는 얕은 생각이
누군가에는 삶을 통째로 흔드는 폭풍일 수도 있는 것처럼.
그렇다면 때로는 나인 듯, 때로는 내가 아닌 듯,
그렇게 보아 넘길 수도 있어야 하겠습니다.
그러다 보면 지금보다 한결 자유로워질 수도 있을 것 같습니다.

너무 깊은 생각에만 묶여 있는 것은 아닌지 돌아볼 일입니다.
생각의 깊이가 모든 것을 결정하는 건 아니니까.
생각이 우물처럼 깊어지기만 한다면 넓은 생각을 할 수가 없습니다.

걱정이 눈처럼…

「어느 날 큰 나뭇가지에 앉아 노래를 하고 있었는데 눈이 오기 시작했어.
나는 심심해서 그것을 세어 보기로 했지.
그런데 정확히 8백74만 1천9백52송이가 내려앉을 때까지는
아무런 일도 일어나지 않았는데 그 다음 한 송이가 내려앉자마자 그만,
큰 나뭇가지가 부러지고 말았단다.」

짝사랑하는 한 여인에게 무려 열한 번이나 구애를 하고도
또 다시 거절당한 비둘기 총각이 낙심해서
나뭇가지에 앉아 있을 때,
참새가 찾아와서 들려 준 이야기입니다.
'크리스타(Pax Christa)의 우화' 속
비둘기 총각은 참새의 말에 귀가 번쩍 뜨여
한 번 더 도전하기로 결심하게 되고,
결국 열두 번째의 도전에서 사랑을 쟁취합니다.
낙심 끝에 포기했더라면 얻지 못했을 그 사랑을
다시 한 번 더 도전해 보는 용기로
기어이 품에 안게 되었다는 것.
성공과 실패가 그만큼 작은 차이에 불과하다는 사실을
영민한 참새에게서 배웁니다.
낙담도 눈과 같지 않을까?
한없이 가볍게, 보슬보슬 쌓아 둔 걱정과 한숨들이
어느새 태산처럼 무거워져서
큰 나뭇가지를 부러뜨릴 수도 있는 게 아닐까?

마음에 내린 걱정의 눈은
그때그때 치워 두어야 다칠 염려가 없습니다.
쉬 녹을 수 있었던 눈도 쌓이고 또 쌓이면
돌덩이처럼 단단해지고 맙니다.

있다, 있다, 있다… 다 있다

1897년, 일본 기후 현(岐阜縣) 다카야마 시(高山市)에서 태어난
나카무라 히사코(中村久子). 그녀는 세 살 때 살과 뼈가 썩어 들어가는
'돌발성 탈저'라는 병에 걸려 양손과 양다리를 차례로 잃었습니다.

팔다리가 없는 딸을 지독히도 사랑했던 아버지는 살아 있는 내내,
'거지가 되어 죽더라도 너를 내 손에서
떼어 놓을 수가 없다'는 말로 딸을 품었습니다.
그녀가 일곱 살이 되던 해, 아버지는 세상을 떠났고,
모든 책임은 어머니에게로 돌아갔습니다.
어려운 형편을 이기지 못했던 어머니는 친척들과 의논 끝에
나카무라의 동생을 고아원으로 보내고,
오직 나카무라 하나만을 위해 모든 것을 쏟아 부었습니다.
이때부터 어머니의 모질고도 혹독한 교육이 시작되었습니다.
수족이 없는 딸에게 털옷을 건네주면서 풀어 보라고 시키고,
가위질을 할 수 있는 방법을 생각해 보라고 주문했습니다.
입으로 바늘에 실을 꿰어 보라고 다그치기까지 했습니다.
어린 나카무라가 너무 어렵다고 눈물로 호소해도
어머니는 결코 봐 주지 않았습니다.
시킨 일을 해내지 못하면 밥도 주지 않았습니다.

그렇게 모진 시간을 지나 열세 살이 되었을 때,
나카무라는 누구의 힘도 빌리지 않은 채
칼로 연필을 깎을 수 있게 되었습니다.
입으로 글씨를 쓰고, 천을 재단할 수도 있게 되었으며,
양팔로 바늘에 실을 꿰거나, 이와 입술을 교묘하게 놀려 가며
실을 입속에서 돌돌 말아 매듭을 지을 수도 있게 되었습니다.
그리고 열일곱 살, 이제 나카무라는 하루 반나절이면
거뜬하게 스웨터를 짤 수 있는 여자가 되었습니다.
뿐만 아니라 스무 살이 되던 해에는
혼자 살기로 결심하고 독립도 했습니다.
그녀의 이야기를 듣는 내내 가슴이 먹먹했습니다.
무슨 말이 더 필요할까.
나카무라의 시 '있다, 있다, 있다'로
마음속에 담긴 말을 대신합니다.
이 한 편의 시에 그녀가 모진 인생에서 얻어낸 답이 있습니다.

있다, 있다, 있다

상쾌한 가을 아침,
수건을 좀 갖다 주세요, 하면
'응' 하고 대답하는 남편이 있다.
'네' 하고 말하는 딸이 있다.
이를 닦는다. 의치를 빼내고 세수를 한다.
손가락이 없는, 짧지만 동그랗고
강인한 손이 무엇이나 해준다.
끊어졌지만 뼈가 없는 부드러운 팔도 있다.
무엇이나 해주는 짧은 손도 있다.
있다, 있다, 있다.
모두 있는 상쾌한 아침.

나카무라 히사코(中村久子)

내 마음의 비밀번호

마음에도 비밀번호가 있습니다.
비밀번호 없이 둘러볼 수 있는 방이 있는가 하면,
반드시 비밀번호가 있어야
들어갈 수 있는 방이 있습니다.

마음의 비밀번호는 숫자가 아닙니다.

영문과 숫자를 조합해 까다롭게 만든 것도 아닙니다.

마음의 비밀번호는 '느낌'으로만 아는 것입니다.

그 마음이 진심인 것 같은 느낌이 들 때,

스르르, 저절로 빗장이 풀리는 방이

바로 마음이라는 방입니다.

보여주고 싶지 않고,

들키고 싶지 않은 마음을 모아 놓은 방.

내 마음에는 그런 비밀의 방들이 참 많습니다.

가끔은 그 방문을 활짝 열어 묵은 먼지를 털어 내고

싶을 때가 있습니다.

또 가끔은 누군가의 마음을 열어 보고 싶어서

조바심이 날 때도 있습니다.

그 비밀번호는 내 자신만 알고 있습니다.

진심을 전하는 일,

나의 오롯한 진심만이 그 방을 열 수가 있습니다.

밥공기는 국 대접 안에 쏙 담기고,

간장 종지는 밥공기 안에 편안히 들어갑니다.

누군가에게 먼저 담기지 못한다면,

나 자신을 온전히 품고 사랑하지 못한다면,

결코 '큰마음'을 열 수 없습니다.

가지치기

나무는 가지가 잘려 나가면 다른 쪽 가지를 키워냅니다.
잘려 나간 가지를 아쉬워하고 미련을 갖는 대신,
다른 가지에 정성을 쏟기 때문입니다.

가지 많은 나무에 바람 잘 날이 없다고 합니다.
잔가지들을 일일이 돌보는 일이 그만큼 까다롭기 때문입니다.
가지 많은 나무는 실한 열매를 얻을 수도 없습니다.
영양분이 그만큼 여러 갈래로 나뉘기 때문입니다.
그래서 가지치기를 합니다.
열 개의 가지를 다섯 개의 가지로 줄이면,
열 개의 가지로 흩어질 영양분이 다섯 개의 가지로 모아지니,
그만큼 열매가 실해집니다.
마음도 그렇습니다.
보살피고 아껴 주지 않으면
가지 많은 나무처럼 무성하게만 자랍니다.
내가 진정으로 원하는 결실을 얻기 위해서는
마음 역시도 가지치기가 필요합니다.

다 잘하면 됩니다.
하지만 그게 어디 말처럼 쉬운 일이겠습니까.
진정으로 원하는 것을 얻고 싶다면,
불필요한 마음의 가지들을 잘라내야 합니다.
그게 오히려 더 쉽습니다.

아직은 아무도 모른다

꼭 타야 할 버스를 놓치고 아쉬운 마음으로
그 다음 버스에 올랐을 때…
살면서 꼭 한 번쯤은 우연히 마주치고 싶었던 사람을 만났습니다.
그래서 버스를 놓친 것이 눈물 나게 고마워졌습니다.

무언가를 놓치고 나면 아쉬움과 미련이 남습니다.
'조금만 일찍 서두를 것을' 하는 후회에 휩싸이게도 됩니다.
하지만 무언가를 놓친 결과가 언제나 그리 나쁜 것만은 아닙니다.
때로는 그 하나를 놓친 결과로 열 개의 선물을
얻게 될 때도 있으니까.
그럴 때면 언제나 '한 치 앞도 모른다'는 옛 말이 떠오릅니다.
행복과 불행은 갈래머리 땋듯 그렇게 엮여 있는 것.
놓쳤다고 해서 다 잃은 것은 아니라는 것.
영원히 기뻐할 일도 끝없이 슬퍼할 일도 없다는 것.
가끔은 이 불변의 진리들을 돌이켜봅니다.
아직은 아무도 모릅니다.
고되거나, 지치거나, 낙담하게 되더라도
멈출 수 없는 이유가 여기에 있습니다.
마음의 수평을 유지해야 하는 이유도 여기에 있습니다.
아직은… 내가 어느 곳에 서 있게 될지를 모르는 까닭입니다.
후회하기에는, 아직은 좀 이른 시간입니다.

나는 왜 그 사람에게서 떠나왔을까.

나는 왜 그 일을 놓쳤을까.

나는 왜 그 시간을 흘려보냈을까.

모르겠습니까?

그랬기 때문에 지금의 내가 있다는 것을.

핑계가 낳는 것은 또 하나의 핑계

영국의 수필가 찰스 램(Charles Lamb)은
무려 33년간이나 회계사로 일했습니다.
늘 일에 얽매여야 했던 그는 글 쓸 시간이
부족한 것을 가장 아쉬워했습니다.
시간만 충분하다면 얼마든지
좋은 글을 쓸 수 있을 텐데…
그의 한숨이 너무나 깊었습니다.

책을 읽고 글을 쓰는 데 충분한 시간을 쓰고 싶었던
작가 찰스 램. 세월이 흘러 그는 30년이 넘게 일했던 직장에서
정년퇴직을 하게 되었습니다. 그의 소망을 잘 알고 있던
여직원 하나가 축하 메시지를 전해 왔습니다.
"선생님, 이제야 비로소 글쓰기에 충분한 시간을
얻게 된 것을 축하합니다.
앞으로는 시간에 구애 받지 않고 글을 쓸 수 있을 테니
더욱 빛나는 작품이 탄생하겠군요."
그녀의 말에 찰스 램도 유쾌한 목소리로 대답했습니다.
"햇빛을 보고 쓰는 글이니 별빛만 보고 쓴 글보다
더 빛나는 것은 당연한 일이겠지."라고.
심지어 집으로 돌아오는 길에 혼자 중얼거리기까지 했습니다.
'이렇게 자유로운 몸이 되기를 얼마나 학수고대 하였던가!'
또 앞으로의 삶에 대한 기대 때문에 가벼운 흥분에
휩싸이기도 했습니다.

그 후 3년. 찰스 램은 정년퇴직을 축하해 주었던
여직원에게 이런 편지를 보냈습니다.

'하는 일 없이 한가한 것이 눈코 뜰 새 없이 바쁜 것보다
더 못 견딜 노릇이라는 걸 이제야 알게 되었다오.
바빠서 글 쓸 새가 없다는 사람은 시간이 있어도
글을 쓰지 못하는군요.
할 일 없이 빈둥대다 보면 자기도 모르는 사이에 자신을
학대하는 마음이 생기는데 그것은 참으로
불행한 일이오. 좋은 생각도 일이
바쁜 가운데서 떠오른다는 것을 이제야 깨달았소.
당신도 부디 내 진심 어린 말을 가슴에 깊이 새겨 두고
언제나 바쁘고 보람 있는 나날을 꾸며 나가길 바라오.'

성공하지 못하는 사람들의 공통적인 특징은

'무언가를 이루기에는 시간이 너무 부족하다'고

핑계를 대느라 바빠서

다른 일은 절대로 할 수가 없다는 것입니다.

발견할 수 없다면 발전할 수 없다

「나는 지금까지 내가 그리지 않은 무엇인가가 있다는 것,
관찰해 보지도 않은 무엇인가가 있다는 것을 알았다.
그 마음으로 다시 평범한 사물을 그리기 시작했을 때,
그 평범한 것들이 사실은 얼마나 특별한 것인가를 깨달았다.」

잘 나가는 치과의사에다 화가라는 직업까지 함께 가진
프레데릭 프랑크(Frederick Franck).
어느 날, 그는 모든 것을 버리고 스케치북과 연필 한 자루만 지닌 채
세상 만물을 그리기 위해 여행을 떠났습니다.
그리고 바로 그 긴 여행에서 깨닫습니다.
평범하다고 생각했던 사물들이 얼마나 특별한 힘을
지녔는지에 대해서.
충분히 들여다보았기에 알 수 있었던 것들과
들여다보지 않았다면 알 수 없었던 위대한 것들에 대해 배운 그는
이렇게 말했습니다.
'그 사소한 발견이 화가로서의 삶을 더욱 발전시켰다.'
무언가를 발견하는 눈이 없이는
더 큰 발전을 할 수 없다는 가르침입니다.
그리고 보면 세상 모든 사물에는
오직 그 사물만이 할 수 있는 특별한 일들이 있습니다.

사물 하나에도 뜻이 있고, 길이 있다면

사람에게는 저마다, 얼마나 큰 가능성이 숨어 있을까.

너무나도 평범한 일상을 지나는 동안 우리는 수시로 말합니다.

'뭐 특별한 일 없을까? 재미있는 일 없을까?'

하지만 진심을 다해 관찰하고, 그 평범함 속에서 무언가를

발견해 내지 못한다면

결코 특별하고 재미있는 일은 일어나지 않을 것입니다.

내 인생이 특별해지기를 원한다면

내가 살고 있는 그 인생을 자세히 들여다보는 것이 먼저입니다.

그래야 엄청나게 특별한 당신이 시시하게 늙어 가는 불행을

막을 수 있습니다.

딱 한 끗 차이입니다. 평범한 것이 특별해지는 일은!

당신의 인생이 얼마나 특별한지를 모르고 있다면

바로 그 한 끗을 발견하지 못했기 때문입니다.

마음에서 힘을 좀 빼면

마음이 울적할 때 새소리를 듣는 사람은 '새가 운다'고 말하고,
마음이 기쁠 때 새소리를 듣는 사람은 '새가 노래한다'고 말합니다.

수시로 무거운 사람이 있고, 언제나 가벼운 사람도 있습니다.
잘 웃는 사람이 있고, 늘 부어 있는 사람이 있습니다.
누군가를 보면 늘 환한 꽃물이 드는 것만 같은데
또 어떤 이는 좋았던 기분마저 칙칙하고 무겁게 바꿔 놓습니다.
'새는 늘 한목소리로 지저귀고 있어도 듣는 사람의 기분에 따라
우는 것처럼, 혹은 노래하는 것처럼 받아들인다…'
이 말이 틀리지 않다면 달라진 것은 새소리가 아니라
내 마음이고 내 기분입니다.
그렇다면 기분을 정리할 필요가 생겼습니다.
잘 되지 않아서 기분이 나쁜 것이 아니라,
기분이 나쁘기 때문에 그 일을 잘 풀지 못하는 거라면….
어떤 일도 가볍게 받아들일 수 있는 프리즘 하나,
마음 안에 숨겨 두고 사는 방법을 찾아 볼 일입니다.

던지기를 배울 때, 손목에서 힘을 빼라는 이야기를 많이 들었습니다.
좋은 연기를 하려거든 감정에서 힘을 빼고,
좋은 노래를 부르려거든 목소리에서 힘을 빼야 합니다.
나비처럼 훨훨 자유롭게 날고 싶다면
우선 그 무거운 기분에서 힘을 좀 빼야만 합니다.

봄바람

「한 잔 술 먹고 또 한 잔 들다가,
봄바람 속에서 크게 취해 넘어지네.
부유한 것도 바라지 않고, 귀하게 됨도 바라지 않으리.
다만, 아무 일 없이 천년 제대로 마치길 바랄 뿐이네.」

6백여 년 전 고려 말기, 문신이었던 조운흘은
어느 봄날 저녁에 이런 시조를 읊었습니다.
부유한 것도 바라지 않고, 귀하게 됨도 바라지 않으며
다만 아무 일 없기만을 바란다고.
아무 일도 일어나지 않는 인생이 얼마나 고마운지는
큰일이 일어나 봐야 아는 것이라고 했던 어른들의 말이 다 맞습니다.
일상의 걱정과 불만 때문에 언제나 으르렁거리기만 하던 가족들도
누군가 큰 병을 얻게 되거나, 큰 사고가 터지거나 하면
거짓말처럼 온순해집니다.
그간의 걱정들이 얼마나 쓸데없는 군더더기였는지를
한마음으로 느끼게 되는 까닭입니다.
6백여 년 전에 살다 간 옛사람도
어느 봄날 저녁에 그런 마음이 들었나 봅니다.
꽁꽁 얼었던 땅이 녹고,
죽은 것만 같았던 나뭇가지에서 연한 새싹이 돋아나는 것을
보았기 때문인지도 모르겠습니다.

이철수 판화모음집에 이런 글이 있습니다.

'봄소식 들리면 서둘러 문 열고 나서야 합니다. 봄싹처럼.'

딜레마

선택할 수 있는 두 가지의 상황이 있지만,
둘 중 그 어느 한 쪽을 취한다고 해도
결과가 달라지지 않는 것을 두고
피할 수 없는 '딜레마(dilemma)'라고 합니다.

딜레마 중에 '수인의 딜레마'라는 게 있습니다.
'수인의 딜레마(prisoner's dilemma)'란
함께 죄를 지은 공범 두 사람이
경찰에게서 받는 어떤 선택입니다.
각각 다른 방에서 심문을 받고 있는 공범 두 사람에게
선택할 수 있는 몇 가지 기회를 줍니다.
그런데 그 기회라는 것이 참으로 미묘합니다.
'둘 다 묵비권을 행사할 경우에는 두 사람 모두
6개월의 실형을 받게 된다.
한 사람만 범죄 사실을 자백하고 다른 쪽이 침묵한다면,
자백한 사람은 바로 풀어 주는 대신,

묵비권을 행사한 사람은 10년 형을 받게 된다.

그런데 만일 둘 다 자백한다면 각각 8년 형을 받게 된다.'

쉽게 결정을 할 수 없는 애매한 기회가 아닐 수 없습니다.

사실 두 공범에게 가장 좋은 선택은 둘 다 침묵하는 것입니다.

하지만 각자의 입장에서 본다면 침묵을 선택하는 것만이

최선은 아닙니다.

나만 침묵하고 상대방이 자백할 수도 있기 때문입니다.

그렇게 되면 상대방은 풀려나고 나 혼자만

10년 형을 받게 됩니다.

그런데 자백을 하게 되면 그냥 풀려날 확률도 있고,

만약 잘못되더라도 10년보다는 짧은 8년 형을

받을 수가 있습니다.

확률적으로 이런 상황에 놓이게 되었을 때,

양쪽 다 자연스럽게 자백을 선택하게 되는 것을 두고

'수인의 딜레마'라고 합니다.

그렇다면 수인의 딜레마란 결국,

각자 자신의 이익만을 챙기는 이기주의자들이

전체로 봐서는 얼마나 불이익이 되는 선택을 하고 있는지를

여실히 보여줍니다.

혹시 소소한 불신 때문에 그 누구에게도 이익이 되지 못하는,

바보 같은 선택을 한 적은 없는지.

하기는… 살면서 수시로 '수인의 딜레마'에 빠질 수 있다는 것이

우리 인생의 큰 딜레마인지도 모르겠습니다.

산 너머 다시 산

우리가 흔히 쓰는 '산 너머 산'이라는 말은
'사는 것이 끝없이 힘들다'는 말이지만,
산 너머 산마다 새롭게 펼쳐지는 삶이 있어
미처 생각지도 못하는 일들,
인연이 깊은 사람들이 기다리고
있을지도 모른다는 뜻도 가지고 있습니다.

고통의 연속을 뜻하는 '산 너머 산'이라는 말 속에는
저 산 너머에는 즐거운 일,
행복한 만남이 기다리고 있지는 않을까, 하는
정반대의 의미도 숨어 있습니다.
결국 절망과 희망은 서 있는 자리가 다른 것이 아니라,
절망 쪽을 바라보는가, 아니면 희망 쪽을 바라보는가,
바로 이런 방향의 차이일지도 모르겠습니다.
무슨 일이든 그저 기쁘게, 긍정의 기운을 뿜어내는 사람과
무슨 일이든 한숨으로 대하는 부정의 기운을 가진 사람.
두 사람은 환경이 달라서가 아니라,
서로 다른 곳을 보고 있기 때문인지도 모르겠습니다.
그러니까 절망도 습관인 것입니다.
한숨이 깊어 절망이 되는 것입니다.
한숨이 습관처럼 몸에 배어 절망으로 바뀌는 것입니다.
저 막막한 산을 넘으면 날 기쁘게 해 주는 일,
나를 설레게 해 주는 사람을 만날 수 있을 거라고…
콧노래 부르며 갈 수 있는 긍정의 습관에 몸이
적응하도록 만들어야겠습니다.

그림이란 그저 '보고 좋으면 그만인 것'이라고
화가 장욱진은 말했습니다.
당신의 오늘도 그림과 다르지 않습니다.
기분 좋게 지나가면 그만입니다.

자연의 치유

작가이자 정신치료사인 데이빗 쿤디츠(David J. Kundtz)는

자연이야말로 가장 좋은 치료사라고 말합니다.

지친 몸과 마음을 잠시라도 쉬게 하기 위해

자연을 향해 길을 떠나는 여행도 같은 맥락일 것입니다.

넉넉한 품을 가진 자연에게 치료 받고 싶은 마음 때문인 것입니다.

'사람에게서 어리석음을 없애는 데는 바람과 태양만한 것이 없다'고

말한 작가 로이 크로프트(Roy Croft)의 말을 빌리면,

태양과 비, 구름… 이 모든 자연이 훌륭한 치료사일 수밖에 없는

이유란 '언제든 다가갈 수 있는 것'이라고 합니다.

그런데 문제는 언제든 만나러 가면 어루만져 주고,

치료해 주는 자연이 그 어디에서나 나를 기다리고 있는데도

좀처럼 그 자연에게로 다가가지 못한다는 데 있습니다.

가면 활짝 웃으면서 반겨 주는데도 말입니다.

정말 이상한 일이 아닐 수 없습니다. 아니면 내가 이상하던가.

「비는 어떠한가? 보슬보슬 내리는 보슬비든,
억수같이 내리는 장대비든,
땅에 생명을 주고 우리 식탁에 음식을 건넨다.
게다가 보송보송하고 따뜻한 집안에서
창 밖에 내리는 비를 바라볼라치면
마음이 편안해지고 아늑해진다.」

걷고 싶다고 생각하면 어느새 길이 되어 주고,
쉬고 싶다고 생각하면 너른 등으로 받쳐 줍니다.
땀 흘리는 날에는 바람으로 식혀 주고,
건조한 날에도 비가 되어 적셔 줍니다.
고단할 때는 꽃 피워 웃게 하고,
배고플 때는 맛난 먹이가 되어 주는…
자연은 정말 놀라운 존재입니다.

하루에 한 번쯤은 다독다독

「적어도 하루에 한 번은 노래를 듣고,
좋은 시를 읽고, 아름다운 그림을 봐야 한다.
그리고 가능하다면 논리적인 말,
올바른 말을 몇 마디씩은 해야 한다.」

괴테(Goethe, Johann Wolfgang Von)는 사는 동안,

적어도 하루에 한 번은 노래를 듣고, 시를 읽고, 그림을 보고,

올바른 말 몇 마디쯤은 하려고 노력했다고 합니다.

괴테는 왜 군이 노래와 시와 그림 같은 것들에게 눈을 돌렸을까?

어쩌면 그것은 마음을 정화하기 위한 방법이었는지도

모르겠습니다.

'이렇게 살고 싶다'

이렇게 내가 원하는 나의 모습을 마음에 품지만,

정작 하루하루를 살고 있는 내 모습은 다르니까

품기만 하는 그 모습을 놓치지 않기 위해,

오염되고 있는 내 마음의 먼지들을 털어내기 위해,

아름다운 것들을 보고 듣기 위한 노력을

기울였던 것은 아니었을까, 생각해 봅니다.

한 편의 좋은 그림,

한 구절의 좋은 글,

한 곡의 따뜻한 음악,

그리고 한 마디의 행복을 주는 말.

이 작은 실천들은 지친 내 마음을

다독다독 위로하고 씻어 주는

건강한 비타민이 되어 주지 않을까.

지친 하루 속에 놓인 나를 그렇게 매만져 주다 보면

어느새 깜짝 놀라게 '괜찮은 사람'이 되어 있을지도 모르겠습니다.

오늘의 참 좋은 생각 하나!
누구나 일단 멈추면
다시 시작할 수 없을 것 같아 두려워집니다.
그래서 멈추지 못한 채 쉼 없이 달려갑니다.
하지만 일단 멈춰 본 사람은 누구나 이렇게 말합니다.
'그러고 나니 더 좋았어요!'라고.

대추나무 시집보내기

대추나무, 그 가지 사이에 돌을 박아 주는 것을 두고
'대추나무 시집보내기'라고 합니다. 돌을 박으면 가지 사이가 벌어지고,
가지 사이가 벌어지면 가지끼리 부딪치는 일이 줄고,
가지끼리 부딪치는 일이 줄면 떨어지는 꽃잎의 숫자도 줄어들게 됩니다.

꽃이 진 뒤에 곧바로 맺히는 열매를 '꽃맺이'라고 부릅니다.
떨어지는 꽃잎의 숫자가 줄어들수록 이 꽃맺이는 늘어납니다.
그래서 꽃맺이를 더 풍성하게 보기 위해서
가지사이에 돌을 박아 두는 것입니다.
물론 이 방법은 어디까지나 사람이 생각해낸 것입니다.
열매를 더 많이 보겠다는 기대감으로 머리를 짜낸 덕분에.
그런데 만약 대추나무가 의사표현을 할 수 있었다면 어땠을까?
실한 꽃맺이를 위해서 아프지만
기꺼이 가지 사이사이마다 돌들이 박히는 것을
참겠다고 했을까?
만약 내가 대추나무였다면 어땠을까? 참겠다고 했을까?
아인슈타인(Albert Einstein)이 이런 말을 했다고 합니다.
'답이 없는 질문이 세상을 바꾼다고.'
내가 대추나무가 되어 보기로 한 것에 대한 답이 될까?
답은 사람마다 다 다를 테니…
이 또한 답이 없는 질문,
세상을 바꿀 만한 질문일지도 모르겠습니다.

비를 부르는 피리

인디언들에게는 '레인 스틱(Rain Stick)'이라는
이름을 가진 전통 악기가 있습니다.
이름이 레인 스틱, 그러니까 '비피리'인 까닭은
그것을 불면 반드시 비가 오기 때문입니다.

레인 스틱을 불면 반드시 비가 온다?
세상에 이런 일이 다 있을까.
그러니까 이 말은 사람이 자연을 조종할 수 있다는 뜻?
어떻게 이런 일이 가능하다는 것인지….
비밀은 이것이었습니다.
인디언들은 죽은 선인장 줄기로 만든 피리에
'레인 스틱'이라는 이름을 붙여 준 뒤,
비가 올 때까지 그 피리를 분다고 합니다.
그렇다면 뭐가 문제이겠습니까?
원하는 일마다 피리 하나씩 만들어 이름 붙여 주면 되는 것을.
애인을 구할 때는 러버 스틱(Lover Stick),
성공을 기원할 때는 석세스 스틱(Success Stick),
꿈을 이루고 싶을 때는 드림 스틱(Dream Stick).
그런데 혹시… 머니 스틱(Money Stick)을 만들어 불면 돈이 생길까?
인디언들처럼 돈이 생길 때까지 불어 볼까?
간절하게 소망하면 다 이루어진다는 말이 너무 터무니없다고
생각하는 것은 소망한다, 소망한다… 입버릇처럼 말만 하면서
전혀 행동하지 않고 있기 때문일 겁니다.

무게 중심

점으로 이뤄진 둥근 원의 무게 중심은 대칭점입니다.
세 변으로 이뤄진 삼각형의 무게 중심은 꼭짓점과 꼭짓점들이
마주하는 변의 중점을 이었을 때 세 개의 선이 만나는 지점입니다.

달리는 자전거가 쓰러지지 않는 이유,
돌고 있는 팽이가 쓰러지지 않는 이유는 무게 중심 때문입니다.
그 무게 중심이 위쪽이나 오른쪽으로 조금만 옮겨 기도
맥없이 풀썩 쓰러지게 됩니다.
마음도 자전거처럼, 팽이처럼, 비틀거릴 때가 있습니다.
이 또한 무게 중심이 한쪽으로 기울기 때문입니다.
마음이 중심을 잃고 한쪽으로만 무게를 싣게 되기 때문에
비틀거리거나 혹 쓰러지게 되는 것입니다.
사랑도 꼭 그렇습니다.
사랑하는 마음과 사랑받는 마음의 길이가 똑같은 지점.
바로 여기에 마음의 무게 중심이 있어서 둘 중 하나가 기울거나
치우치면 무게 중심을 잃고 비틀거리게 되는 것입니다.
물론, 누구의 마음이 어느 쪽으로 치우치고 있는지는
오직 두 사람만이 알겠지만.

중심을 단단히 잡고 가도, 곳곳에서 위험 요소들의 방해를 받습니다.
정신 줄을 놓치지 않도록 마음을 다잡아야 합니다.
그러니 시작부터 중심을 잡기 어려운 순간에는
차라리 조금 쉬어 가는 게 나을 겁니다.

다시 제자리로

「바람은 남으로 불다가 북으로 돌이키며
이리 돌고 저리 돌아 불던 곳으로 돌아가고,
모든 강물은 다 바다로 흐르되 바다를 채우지 못한다.
이미 있던 것이 후에 다시 있겠고,
이미 한 일을 후에 다시 하겠다.」

『서유기』에 이런 장면이 나옵니다.
손오공이 강 건너 저쪽, 피안의 세계로 건너가기 위해
강물 속으로 들어가는 장면.
머뭇거리는 삼장법사와 저팔계의 손을 잡고 강을 건너던 손오공은
언젠가 들었던 이야기 한 토막을 떠올립니다.
'바람은 이리 돌고 저리 돌아 불던 곳으로 돌아간다'는 이야기.
덕분에 손오공은 두려움을 떨치고 벗들의 손을 잡은 채
당당히 그 강을 건널 수 있었습니다.
이 세상 모든 것에는 원점이 있습니다.
첫 시작이 있었던 곳.
길이 열리고, 강물이 터지고, 바람이 시작된 지점.
그것들은 너나할 것 없이 세상을 돌고 돌다가
결국 첫 마음이 있는 원점으로 다시 돌아간다고 하니
두려울 것이 뭐가 있을까.
서풍이 불든, 북풍이 몰아치든, 태풍이 오든…
어차피 그 모든 것을 헤치고, 자신이 가야 할 자리로
찾아가게 되는 것을.

무서워 죽겠다, 겁나 죽겠다,
아파 죽겠다, 배고파 죽겠다…
죽겠다는 말은 아무 데나
가져다 붙여도 찰떡궁합입니다.
입에 착 붙는 감칠맛까지 느껴집니다.
그런데 셰익스피어(William Shakespeare)는
'죽겠다'는 이 말에 아주 일침을 가합니다.
'겁쟁이가 죽는 것은 여러 번이지만,
용기 있는 사람이 죽는 것은
오직 한 번 뿐이다' 이렇게.

몸만 가면 어쩝니까, 영혼을 데리고 가야지

말을 타고 광야를 달리던 인디언들이 어느 순간,
말에서 내린 채 누군가를 기다립니다.
너무 빨리 달린 탓에 미처 따라오지 못한
자신의 영혼을 기다리는 것입니다.

달리다가 멈춰 서서 왔던 길을 뒤돌아보는 것은
누구나 한 번쯤 해보았음직한 일입니다.
하지만 여기, 인디언들의 이야기를 듣고
공감의 마침표를 찍게 되는 이유는 따로 있습니다.
지나온 시간들을 그리워하거나 후회하는,
과거형의 시선이 아니기 때문입니다.
달리느라 바빠서 미처 데려오지 못했던
영혼을 기다리는 일이란,
미래를 향해 가는 마음이 담겨 있는 행동이니까.
남보다 더 빨리 가려고,
가장 앞서 가려고,
참 열심히 달려왔습니다.
그런데 달리다 보니 목적지가 어디인지
기억이 나질 않습니다.
그저 속도를 내는 일에만 정신이 팔려 있어서
가고자 했던 방향을 잃어버린 모양입니다.
잠깐 멈춤.
노란 신호등 하나 밝히고,
집 나간 내 영혼이 당도할 때까지 기다려 봐야겠습니다.

내 영혼을 거두고, 입히고, 먹일 자는 나밖에 없습니다.
굶기지도 말고, 추위에 떨게 하지도 말고,
너무 지치게 만들지도 않는 주인만이
영혼에게 그만한 대접을 받을 수 있습니다.

내 마음의 거울, 조건반사

광한루 오작교 아래 비단잉어 떼가
관광객들이 던져 주는 먹이를 보고 몰려들었습니다.
이젠 습관이 되어 사람 발소리만 듣고도 몰려듭니다.
이것이 조건반사입니다.

사람의 발자국소리만 들려도
먹이를 주는 줄 알고 몰려드는 물고기들.
아름다운 호수가 있고, 호수 안에 물고기가 살고 있고,
관광객들의 발길이 끊이지 않는 곳이라면
흔히 볼 수 있는 진풍경입니다.
사람도 다르지는 않습니다.
내가 좋아하는 음식의 냄새를 맡게 되면
어느새 입안에 침이 고이는 것도 조건반사의 한 작용입니다.
여기에서의 조건반사란 길들여짐을 의미합니다.
살면서 나도 모르게 조건반사에 반응하는 모습을
숱하게 발견합니다.
나도 인식하지 못하는 사이, 무엇인가에 길들여지고 있는 나.
곰곰이 생각해 봅니다.

나는 어떤 일, 어떤 사물, 어떤 냄새와 어떤 빛깔,
그리고 어떤 사람에 대해 조건반사를 일으키고 있을까?
이렇게 나를 탐구하다 보면 내가 무엇을 좋아하고,
무엇에 길들여진 채 살아가고 있는 것인지를
아주 자연스럽게 깨달을 수 있게 됩니다.

미끄럼틀을 탈 때, 아이들은
옷이 더러워질 것을 걱정하지 않습니다.
재미있는 기억만 떠올리기 때문에 미끄럼틀을 보면
반사적으로 달려가는 것입니다.
조건반사란 길들여지는 일이기도 하지만,
감출 수 없는 본능이기도 합니다.
나를 들여다보게 하는 가장 솔직한 거울입니다.

고민에 대처하는 세 가지 자세

하나, 당장에 그 고민을 해결할 행동을 취한다.
둘, 그 고민에 대해서는 영원히 잊어버리기로 결정한다.
셋, 고민에 대한 결정을 다음 주 토요일 4시까지 연기한다.

미국의 사상가 노먼 빈센트는 고민이 있거나
자신을 괴롭히는 문제들이 있을 때는
이렇게 해보라고 권유했습니다.
사소한 고민 하나도 빼놓지 말고 종이에 낱낱이 적은 다음,
봉투에 넣어 풀칠해서 상자 안에 넣으라고.
그런 다음 일주일 후에 봉투를 뜯어 그 즉시 고민을 해결하거나,
그렇게 되지 않으면 영원히 잊어버리기로 하거나
그것도 아니라면 다음 주 토요일 4시까지
다시 한 번 시간을 가져보라고.
단, 규칙이 하나 있습니다. 다음 주 토요일 4시까지는
종이에 적은 고민에 대해서 생각조차 해선 안 된다는 것.
노먼 빈센트라는 사람, 참 현명합니다.

일정한 거리를 두고 바라보는 것.
고민과 괴로움을 해결하는 데 이보다 더 좋은 방법이 있을까.
흙탕물을 맑게 하는 가장 좋은 방법은
흙이 가라앉기를 기다리는 것뿐일 테니.

변명이 쳇바퀴 돌 듯

그 다음 별에는 술꾼이 살고 있었습니다.
어린왕자는 무얼 하느냐고 물었고,
술꾼은 술을 마신다고 대꾸했습니다.
어린왕자가 술을 왜 마시냐고 묻자 그는
'잊기 위해서'라고 대답했습니다.
술을 마시는 부끄러움을 잊기 위해서라고.

술을 마시는 이유는 잊기 위해서이고,
무엇을 잊기 위해서인가 하면 부끄럽다는 걸 잊기 위해서이고,
무엇이 부끄러운가 하면 술을 마시는 게 부끄럽기 때문이다.
이렇게 말하는 술꾼을 보며 어린왕자는 생각합니다.
어른들은 정말 이상하다고.
어린왕자가 술꾼에게 묻듯 나도 나에게 이런 질문 한번
던져 봅니다.
나는 왜 바쁜가?
보다 잘 살기 위해서 바쁘다.
보다 잘 사는 것은 어떤 것인가?
쉼 없이, 바쁘게 사는 것이다….
빙글빙글 꼬리를 물고 돌아가는 끝없는 질문과
대답을 끝내고 나면 괜한 변명들로 멀쩡한 시간을
저당 잡히는 실수들…
조금은 줄일 수도 있지 않을까.

「두 죄수가 같은 창문으로 바라보고 있었다.

한 사람은 진흙땅을, 다른 한 사람은 별을.」

프리드리히 랑브리지는 비관주의와 낙관주의에 대해

이렇게 정의했습니다.

그러니까 '처지가 이렇기 때문에…'라는 말은

다 변명이라고 할 수 있습니다.

지는 연습

유도를 처음 배우는 사람들이 가장 먼저 익히는 것은 낙법입니다.

한 마디로 낙법부터 배웁니다.

어떻게 하면 안전하게 넘어질 수 있는지를

몸으로 익히면서 유도에 입문하는 것입니다.

낙법을 제대로 배운 사람만이 공포를 줄일 수 있으니까.

넘어지면 어떡하지?

다치면 어떡하지?

이런 두려움을 가지고 있는 한,

바른 기술을 익히기란 쉽지 않다고 합니다.

상대방의 액션이 왔을 때 안전하게 대처하는 법부터 익히고

나서야 비로소 이기는 기술을 구사할 수가 있다는 것입니다.

이기기 위해서는 지는 연습부터 해야 한다는 것.

이것이 바로 낙법을 익혀야 하는 진짜 이유입니다.

충격을 줄여 안전하게 넘어지는 기술을
낙법이라고 합니다. 낙법을 익히면
다치는 데 대한 공포심이 줄어들고,
공포심이 줄어들면 배운 기술을
보다 자연스럽게 연습할 수 있습니다.

유도에만 낙법이 필요할까.
이번에도 안 되면 어떻게 하지?
그 실망감을 어떻게 이겨낼 수 있을까?
살아가는 일에서도 넘어지는 연습, 다치지 않는 연습은
반드시 필요합니다.
최악의 상황을 준비하는 마음이 있어야 최선을
다할 수가 있습니다.

내 가슴을 설레게 하는 일이 무엇인지 잘 알면서
실패나 상처가 두려워 머뭇거리는 일은
혹시라도 내일 지구가 멸망하지는 않을까, 싶은 걱정 때문에
아무 것도 하지 못한 채 벌벌 떨고 있는 것과 같습니다.

블루문(blue moon)

보름달은 한 달에 한 번 뜹니다.
그런데 참 이상한 보름달이 있습니다.
한 달에 두 번 뜨는 보름달,
이 달을 서양에서는 '블루문(blue moon)'이라고 부릅니다.

보름달이 어떻게 한 달에 두 번이나 뜰 수 있을까?
그 이치는 윤달과 같습니다.
음력에서의 한 달은 양력의 한 달보다 길이가 짧습니다.
그래서 그 차이를 조정하기 위해 생긴 달이 윤달입니다.
보름달에서 다음 보름달까지 걸리는 시간은 평균 29.5일.
그러나 양력에는 30일 혹은 31일까지의 단위가 있지요.
따라서 1일에 보름달이 떴을 경우,
그 달 30일이나 31일쯤 다시 두 번째 보름달을
볼 수 있게 되는 것입니다.

이처럼 한 달에 보름달을 두 번 볼 수 있는 것은
100년, 그러니까 1세기를 기준으로 했을 때 41회.
그러니까 약 2년 반 만에 한 번씩 블루문이 돌아오는 셈입니다.
그런데 이 달을 왜 블루문이라고 했을까?

원래 '블루문'이라는 말은 '불가능한 일 또는 매우 드물게'라는
뜻을 지니고 있었다고 합니다.
우리말 중에 '해가 서쪽에서 뜨겠다'라는 말과
비슷하게 쓰이던 말입니다.
해가 서쪽에서 뜰 수 없는 것처럼 달도 푸른빛을
가질 수가 없습니다.
그럼에도 불구하고 한 세기에 마흔한 번,
2년 반에 한 번씩은 볼 수 있는 보름달에
블루문이라는 이름을 붙여 놓은 것은,
불가능해보이기는 하지만 그래도 아주 드물게 가능한 일.
이것을 불가능한 일의 한계로 삼고 싶어서는 아니었을까….
불가능한 일은 없다는 것을 증명하기 위해 붙인 이름이
바로 블루문은 아니었을까.
또 이렇게 해석해 봅니다.

'불가능은 없다'라는 말은

하도 들어서 신물이 나고 식상합니다.

그렇지만 '가능은 없다'라는 말보다는

훨씬 희망적이지 않습니까?

맹꽁이야, 맹꽁이

조금 전까지 윙윙 날아다니며 겁을 주던 벌 한 마리.
어느 순간 보이지 않아서 다른 곳으로 날아갔나 보다, 생각했는데
처마 아래 거미줄에 걸린 채 옴짝달싹 못하고 있었습니다.

한옥집을 개조해 만든 소담한 찻집에 앉아서 차를 마시고 있었습니다.
조금 전까지 신나게 날아다니면서 행인들을 위협하던 벌이 그만,
덜컥 거미줄에 걸려서 꼼짝 못하게 된 장면을 보았습니다.
거미줄에 걸린 채 징징 울어대는 모습이 꼭 맹꽁이 같았습니다.
벌을 피하느라 두 손을 휘젓던 사람들은 이제,
가만히 서서 그 모습을 들여다보기 시작했습니다.
문득 이런 생각이 들었습니다.
한 치 앞도 알 수 없다는 것. 까불지 말아야 한다는 생각.
도처에 거미줄이 널린 인생입니다.
어디에서 거미줄을 만나 낚일지는 알 수 없습니다.
시간을 살피고, 공간을 살피고,
주위의 사람들을 찬찬히 살펴야 하는 이유도 여기에 있습니다.
천지를 모르고 휘젓고 다니다가는 머잖아 맹꽁이처럼
울게 될 지도 모르는 일입니다.

맹꽁이에게는 비 내리는 날이 바로 '인생의 거미줄'인가 봅니다.
날이 흐리거나 비가 내릴 때 요란스레 울어대지요. 맹꽁맹꽁!
울면 뭐하나. 운다고 비가 그치나. 하여튼 야무지지 못하기는!

펑크가 나면 때우면 되지

자동차 타이어가 주저앉았습니다.

펑크가 난 것이지요. 하지만 걱정 없습니다.

펑크가 난 자리를 알았으니 이제 감쪽같이 때우기만 하면 됩니다.

고장이야 언제든지 날 수 있습니다.

대수롭지 않은 일입니다.

어떤 물건이든 고장이 납니다.

단, 정말 난감한 것은 어디가 고장인지 알 수 없을 때입니다.

뒤집어 보고, 벗겨 보고, 분해를 해도

전혀 찾을 수 없는 고장이란… 참으로 골칫거리입니다.

자칫 폐기처분의 대상이 될 수 있으니까.

고칠 방법이 있는 고장이라면 걱정할 필요가 없습니다.

약이 있는 통증도 걱정할 일 아닙니다.

타이어에 펑크가 났을 때,

그 작은 펑크를 느끼지 못한 채 방치해 두면

결국 구제불능의 상처가 되기 쉽다는 것만

기억한다면 고장은 별 일 아닙니다.

그래서 찾아야 합니다.

아픈 곳, 구멍 난 곳을.

왜냐하면 작은 구멍을 살짝 때우기만 해도,

한 알의 약만 꿀꺽 삼켜도 충분히 해결될 일이니까.

문제는 원인을 알 수 없는 고장입니다.
무조건 참고 있기만 해서는 해결할 수 없습니다.
그러니까 찾아야 하는 것입니다.
왜 아픈지, 무엇이 슬픈지…
그래야만 약을 쓸 수 있습니다.

아끼는 것은 아낌없이 써야 해요

운동화가 귀했던 시절을 살아 보지 않고서는 모릅니다.

새로 산 운동화가 닳는 것이 아까워서 신을 수가 없었던 마음을.

머리맡에 그저 모셔 두고 잠드는 심정을.

뽀득뽀득 닦아서 머리맡에 두고 잠이 들거나

한 번만 신고 나면 밑창을 물걸레로 박박 씻었습니다.

밑창이 닳을까… 마음껏 걸을 수도 없었습니다.

그러니 벗고 걸을 수밖에.

양손에 신발을 들고 맨발로, 까치발로 조심조심.

그렇게 아끼다가 그만 발이 너무 커져서 운동화가 작아졌다는

웃지 못할 이야기도 있습니다.

정말 갖고 싶었던 무언가를 갖게 되면 좀처럼 쓸 수가 없습니다.

비싼 옷을 아껴 입듯,

맛난 음식을 아껴 먹듯,

정말 좋은 만년필을 쓰지도 못한 채 모셔 두듯….

336

신을 들고만 다니다가 누군가 다가오는 인기척이 나면
얼른 신을 신고 걷는 척 합니다.
그러다가 사람이 지나가면 신을 다시 벗어 손에 들고
맨발로 걸어갑니다.

마냥 아껴 두기만 하는 것입니다.
하지만 이런 마음을 갈아탈 필요가 있습니다.
훗날 아쉽지 않도록,
그 물건의 가치가 한껏 발휘되도록 말입니다.
시간도, 사람도, 말을 하고 말을 들어주는 일도,
그리고 내 몸조차도 다르지 않습니다.
아끼려다가 그만 놓쳐 버리는 것들이 있었습니다.
아끼는 그 사이, 인생이 술술 새어 나가 버리는 것을
참 많이도 보아 왔습니다.

진정으로 아끼는 것이 있을 때는
아낌없이 쓰는 것이 최선입니다.
그래야 빛이 납니다.

지게를 지다

그 많은 것들을 일일이 실어 나를 수는 없으니까
짐을 얹어 등에 지는 운반 도구가 필요했습니다.
우리 민족이 발명한 가장 우수한 연장이라는,
지게가 바로 그 주인공입니다.

가지가 조금 위로 뻗은 자연목 2개를
위는 좁고 아래는 벌어지도록 세운 다음,
지게의 몸과 몸이 빠지지 않도록 탕개줄로 감고,
위 아래로 멜빵을 걸어 어깨에 멥니다.
등이 닿는 부분에는 짚으로 두툼하게 짠 등태를 달고,
어깨에서 내려 세울 때에는 끝이 가위 다리처럼 벌어진 작대기를
지게 한쪽에 슬그머니 걸어 둡니다.
지게는 다 같은 지게이지만 그 형태나 크기는 사용하는 목적에 따라,
사용하는 사람에 따라 조금씩 다르고, 만드는 방법 또한 달라집니다.
평야에서 사용하는 지게는 산간지대에서 쓰는 것보다 긴 편이고,
길이 좁고 가팔라서 돌부리나 풀 따위에 걸려서 넘어질 위험이 높은
산간지대에서는 되도록 짧은 지게를 씁니다.
이렇게 제각각인 지게에 대한 짧은 이야기가 있습니다.

같은 동네에 사는 두 남자가 신작로에서 마주쳤습니다.
그 중 한 남자는 지게의 두 배 높이쯤 되도록 나무를 켜켜이

쌓아 지고 어쩔 수 없이 땅만 쳐다보며 걷다가 벗을 만났습니다.

작대기로 지게를 세워 놓고 잠시 이야기를 나눈 뒤 다시

지게를 지는데 그 모습이 힘겨워 보였는지 친구가 대신

지게를 지겠다고 나섰습니다. 지게를 진 남자보다 덩치도 좋고,

힘도 좋은 친구는 호언장담했습니다.

내가 너의 지게를 대신 져 줄 테니 걱정 말라고.

하지만 그 친구는 지게를 지지 못했습니다.

지게가 키 작은 주인의 체구에 맞게 만들어졌기 때문에

체구가 큰 친구는 질 수가 없었습니다.

지게란 가진 짐을 버려야 한다는 생각이 아니라,

무슨 방도를 써서라도 짐을 이고 지고 가겠다는 뜻을

지니고 있습니다.

이고 지고 가는 사람이 다르듯, 이고 지고 가는 물건도 다르고,

그 무게 또한 당연히 다릅니다.

너와 나의 지게가 결코 같을 수 없다는 얘깁니다.

우리가 이고 지는 짐들이 저마다 서로 다르니

나는 너의 지게를 대신 져 줄 수가 없습니다.

너도 내 지게를 대신 져 줄 수가 없습니다,

인생의 지게가 그렇습니다.

지게를 지고 가는 일이 똑같이 힘들지만

누가 얼마나 더 힘든지를 비교할 수는 없습니다.

과연 누가, 어떻게 알 수 있을까?

자신의 지게가 아니고서야 그 무게나 고단함을 아무도 모릅니다.

우리는 하루에 6만 가지 생각을 한다

로빈 샤르마의 『나를 찾아가는 여행』에 이런 우화가 나옵니다.

빨리 세월이 흘러서 어른이 되고 싶다는 생각에 빠져 있는,

'피터'라는 아이가 있습니다.

어느 날, 그 아이는 숲속에서 혼자 놀다가 한 늙은 노파를 만나는데,

노파는 황금실이 달린 공을 들고 있다가 선물로 줍니다.

"이건 네 인생의 실이란다. 이 실을 조금만 잡아당겨도

몇 시간이 그냥 지나가지. 좀 더 세게 잡아당기면

며칠이 지나가고, 온 힘을 다해 당기면 몇 십 년이 지나가기도 한단다."

피터는 곧 황금실이 달린 공의 위력을 실감하게 됩니다.

학교에서 실을 살짝만 잡아당겼는데 어느새 집에 돌아와 있고,

조금 더 세게 잡아당기자 갑자기

예쁜 여자친구가 있는 고등학생이 되어 있었습니다.

그렇다면 어른도 될 수 있겠구나, 하는 생각에

피터는 실을 아주 세게 잡아당겼습니다.

그러자 노파의 말대로 정말 수십 년이 지나

고등학교 때 사귄 여자 친구는 아내가 되어 있었고,

빨리 어른이 되었으면, 하고 생각하던 아이.

마법에 걸려 하루아침에 어른이 되자,

왜 그런 생각을 했을까… 가슴을 치며 후회합니다.

자식들은 벌써 자신들의 삶을 살아가고 있었으며,

어느덧 자신의 머리도 하얗게 세 있었습니다.

뿐만 아니라 사랑했던 어머니 또한 늙고 쇠약해져 있었습니다.

이때 숲속에서 만났던 노파가 나타나 피터에게 묻습니다.

내 특별한 선물이 어땠느냐고.

빨리 커서 어른이 되고 싶었던 피터는

노파가 준 공 덕분에 소원성취를 할 수 있었지만

고개를 절레절레 흔들며 말했습니다.

"처음엔 재미있었으나 이젠 이 공을 증오합니다.

그것은 내게 즐길 기회도 주지 않고,

눈 깜짝할 사이에 내 인생을 지나가게 했습니다.

그 속에는 슬픈 시절도 있고,

기쁜 시절도 들어 있었을 텐데 난 아무 것도 경험하지

못했습니다.

결국 나는 삶이 내게 주는 선물들을 모두 놓쳐 버린 거예요."

로빈 샤르마의 이야기 하나 더!

평범한 사람은 하루에 6만 가지 생각을 하는데

그 중 95%가 무슨 생각인가 하면!

바로 '어제 했던 것과 똑같은 생각'이라고 합니다.

그러니 지금 내가 정말 부질없는 생각만 하고 있는 것,

맞습니다.

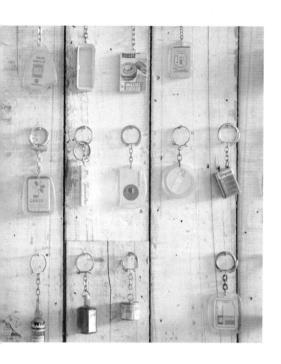

생활의 발견

개와 함께 나란히 산에 올랐다가 돌아오니
옷과 개털에 온통 엉겅퀴씨앗이 붙어 있었습니다.
그래서 떼어내는데 잘 떨어지지가 않습니다.
'왜 이렇게 떨어지지 않는 걸까?'
조르주 드 메스트랄은 그 이유를 찾아내기 위해
유심히 관찰했습니다.

입었던 옷과 개털에 붙은 엉겅퀴씨앗은
도대체 왜 쉽게 떨어지지 않는 것인지,
그는 몹시 궁금해졌습니다. 그래서 관찰을 시작했습니다.
생각에 생각을 거듭하는 몰입을 통해 그는
기어코 그 원인을 찾아냈습니다.
문제는 엉겅퀴씨앗에 붙어 있는 갈고리였습니다.
수많은 갈고리가 놀라운 흡착력을
발휘하고 있다는 것을 알게 된 것입니다.
그런데 '아! 그랬군!' 하고 끝내 버리면 그만인 일을…
메스트랄은 여기에서 그치지 않고, 한 걸음 더 내딛었습니다.
이 원리를 응용해서 만들 수 있는 물건은 없을지,
고심하기 시작한 것입니다.
그런 고심 끝에… 메스트랄의 호기심, 그 결과로 만들어진 것이 바로 벨크로 테이프입니다.

우리가 흔히 '찍찍이'라고 부르는 벨크로 테이프는

한 남자의 호기심을 통해 이 세상으로 오게 된 것입니다.

어느 날, 아주 우연히 엉겅퀴씨앗에서 발명이 된 벨크로 테이프는

지금까지도 아주 유용하게 쓰이고 있는 물건입니다.

그 날, 그 엉겅퀴씨앗이 만일 그 남자에게 들러붙지 않았더라면…

그래도 벨크로 테이프가 존재했을까.

엉겅퀴씨앗은 그 이전에도 늘 누군가의 옷에 들러붙거나,

개털에 붙어 있었습니다. 다만 그것을 발견하고,

그 원리를 응용해서 새로운 무언가를 만들어낸 사람이

조르주 드 메스트랄이라는 남자였을 뿐입니다.

사소한 발견이 아니고서는 쌓을 수 없는 탑이 바로 발명입니다.

시련도 약이다

보통의 난은 사계절을 거치면서 자연환경에 적응하고,
가장 적절한 시기에 꽃을 맺으며, 또 가장 적절한 시기에 꽃을 피웁니다.
그러나 자생지가 아닌 인위적인 환경에서 자라야 하는 난들은
일일이 사람의 손길을 기다립니다.
이때 화아 분화를 하면 좋은 꽃을 피우게 할 수가 있습니다.
그렇다면 난에게 어떤 환경을 만들어 주어야 좋은 꽃을 피우게
할 수가 있을까.
상식적으로 생각하면 그저 평소보다 더 자주 들여다보고,
물을 주고 햇볕을 쪼이게 하면 되지 않을까, 싶지만 그렇지 않습니다.
오히려 정반대입니다.
난이 자라는 환경과 조건을 부러 악화시켜 가면서 자극을
주어야만 합니다.
가령 물을 주는 시기를 두세 번 건너뛰어 목이 마르게 하고,
햇볕도 필요한 양보다 훨씬 더 많이 주면서 난을 혹사시키는 것입니다.
이렇게 일부러 강한 볕을 쪼이고, 물을 주지 않아 시들게 하면
난은 숨겨 두었던 생존 본능을 발휘하게 됩니다.
그리고는 바로 이런 극한의 상황에서 꽃눈을 올리게
되는 것입니다.

'화아 분화'라는 것은 인위적으로 난의 꽃눈을
형성시키는 일을 뜻하는 말입니다. 자기가
태어난 곳이 아닌, 낯선 환경에서 자라야 하는 난을
꽃피우게 하기 위해 쓰는 방법입니다.

이런 상황을 두고 사람들은 말합니다.
난을 고생시키면 죽을지도 모른다는 위협을 느끼게 되고,
자손을 남겨야겠다는 생각에 꽃눈을 만드는 거라고 말입니다.
가끔 한 번씩은 시들게도 하고, 볕도 많이 주어 시련을
겪게 하면 더욱 고운 꽃을 피우게 된다는 '화아 분화'의 이치.
사람 사는 세상에서도 시련을 통해 더욱 강건해지는 모습들을
어렵지 않게 접할 수 있습니다.
오뚝이처럼 다시 일어서는 화아 분화의 힘이 당신의 내면에도
숨어 있다는 것.
그 사실을 잊지 않았으면 좋겠습니다.

바닷가 언덕에서 오랜 세월을 살아 온 후박나무는
키가 자라는 대신 몸집이 자랐습니다.
왜냐하면 바람을 피하기 위해
몸을 구부리면서 자라나는 것입니다.
시련이 오면 그것을 피해 가는 방법을 배우며 성장합니다.
시련은 쓰지만, 그 끝은 꿀맛처럼 달콤하게
오기도 한다는 걸 기억해 둘 일입니다.

미련 혹은 집착

강을 건너가야 하는데 배가 없었던 나그네는
나무를 베어 뗏목을 만들었죠.
힘들여 만든 뗏목을 타고 무사히 강을 건너간 나그네.
돌아서려니 애써 만든 뗏목이
눈에 밟혀 길을 갈 수가 없었습니다.

강을 건너기 전까지만 해도, 아니 뗏목을 만들기 전까지만 해도,
나그네는 오직 강을 건너는 일에만 집중했습니다.
그런데 막상 뗏목을 만들어 강을 무사히 건너고 나니
마음이 달라졌습니다.
힘들여 만든 뗏목을 그냥 두고 가는 것도 아쉬운데다,
혹시 길을 가다 보면 또 다시 강을 만나게 될 지도 모른다는
생각이 들었기 때문입니다.
그렇게 되면 다시 뗏목이 필요하지 않을까?
그때 가서 다시 뗏목을 만들려면 힘들겠지?
그래서 그 무겁고 거추장스러운 뗏목을 이고 지고 길을 나섰습니다.
하지만 아무리 가도 강은 나타나지 않았고,
뗏목의 무게 때문에 강을 건널 때보다 더 힘든 상태가
지속되었습니다.

비로소 그 뗏목을 미련 없이 두고 오지 못한 것에 대한
후회가 남았지만 그렇다고 절반도 넘게 온 지금,
뗏목을 버릴 수는 없었습니다.
왜냐하면 이 산 너머에 강이라도 있으면… 하는
생각에서 입니다.
그러니 어깨가 부서지더라도 뗏목을 지고 갈 수밖에.

언제나 문제는 '혹시나?' 하는 마음에서 시작됩니다.
과감히 버리고 가도 아무 문제가 없을 텐데
헛된 미련이 발목을 잡습니다.
쓸 데 없는 짓을 했다는 것은
길을 다 가서야 알게 되니…. 나 원 참!

Spring.

The wind blows

My mind flies

Away, far away

Up... where it is

Right around the

Corner near you.

The Birds chirp
And chirp, looking
For a shade near
The Garden in
The Middle of a
Hill in the South

배려

이곳에서는 시속 30Km 이상 속력을 낼 수 없습니다.
이동 중인 동물이나 코끼리 떼의 진로를
방해해서도 안 됩니다. 이곳은 사람이 아닌,
동물이 주인이라는 의식이
철저히 지켜지는 곳이기 때문입니다.

케냐 자연국립공원에서는 전면이 유리로 된 지프나
천장을 걷어 올린 트럭을 타고 이동하면서 동물들을 관찰할 수 있는데요.
이때, 분명히 지켜야 할 몇 가지 까다로운 조건이 있습니다.
시속 30Km 이상의 속도는 금물,
동물들이 이동 중일 때는 절대로 방해하지 말 것….
이 모든 조건은 철저히 동물들만을 위해 세워진 것들입니다.
먹고, 자고, 움직이는 동물들의 일상,
그 평온한 규칙을 깨지 않기 위한 절대적인 배려입니다.
상대를 배려하는 지극한 마음.
그 깊은 속내를 잘 아는 까닭에 누구나 기꺼이 그 규칙을 지킵니다.
만일 누군가, 그 배려의 마음을 존중하지 않고 행동한다면
동물들은 자신을 방어하기 위해 본성을 드러내고 말 것입니다.
평화를 유지하게 만드는 힘은
내가 너를 배려하는 일에서부터 시작된다는 것을

다시 한 번 생각하게 하는 풍경입니다.

울타리 속의 사람들, 더불어 살아가는 사람들을 배려하는 일.

이것이 바로 내가 속한 울타리를 평화롭게 지켜내는 힘입니다.

차도에는 점선과 실선,

두 줄의 선이 나란히 그어져 있습니다.

점선 안의 차는 차선을 변경할 수 있지만,

실선 안의 자동차는 차선 변경을

할 수 없다는 무언의 약속입니다.

배려란 무언의 약속입니다.

말하지 않아도 지켜 주는 것.

습관처럼 언제든지 지킬 수 있는

아주 사소한 일이기도 합니다.

맨 처음

증기기관차가 발명될 수 있었던 맨 처음은 물 끓는 주전자였습니다.

군사용 레이더 앞에 서 있던 한 기술자는

초콜릿 바가 녹는 것을 보고 전자레인지를 개발했습니다.

마취제는 어떤 파티에서 발견되었습니다.

1844년 12월. 미국 치과의사 호레이스 웰스(Horace Wells)는

한 파티에서 큰 상처를 입은 친구가, 마시면 웃음을 일으키고

기분을 좋게 해 준다고 알려진 웃음 가스,

즉 산화이질소를 들이마시고 난 후부터

그다지 통증을 느끼지 못하는 것을 보고

'혹시 웃음 가스에 진통 효과가 있는 게 아닐까?' 생각했습니다.

이 생각이 마취제를 탄생시키는 계기가 된 것입니다.

탱크 철갑의 맨 처음은 전복 껍데기였습니다.

탄화칼슘으로 이루어져 있는 전복.

쉽게 부서질 것 같지만 100킬로그램이 넘는 사람이

밟아도 부서지지 않을 만큼, 튼튼한 전복 껍데기가

탱크 철갑의 원조가 된 셈입니다.

잠수복, 타이어, 옷의 고무줄 주름은

어느 날 우연히 질산과 고무의 혼합물을 달아오른 철판에 떨어뜨렸다가

맨 처음이 궁금한 것들이 있습니다.

가령, 맥주는 맨 처음에 어떻게 발견되었을까?

오랜 옛날 이집트 사람들이 우연히 물통에 떨어져 발효된

빵조각을 보고 발견해 낸 것이 맥주라고 합니다. 참 재미있지 않습니까?

고무가 녹지 않고 유연성을 유지하는 것을 본

'찰스 굿이어(Charles Goodyear)'에 의해 발견되었습니다.

하지만 찰스 굿이어는 이 모든 걸 우연이라고 하지 않습니다.

돌발적인 현상은 그 물질을 충분히 다루어 본 사람에게만

의미심장하게 보인다고 말한 것입니다.

자신은 계속되는 실패에도 포기하지 않고 고무 가공에 힘썼고,

그랬기 때문에 고무 경화법(Vulcanisation)을

발견하게 된 것이라고 말입니다.

단순한 우연 때문이 아니라, 그 물질을 충분히 다루어 본

사람에게만 의미심장하게 보인다는 찰스 굿이어의 말.

인생에서 무언가를 발견해 내고 싶을 때 참고해야겠습니다.

이 세상에 우연히 얻게 되는 일은 없는 모양입니다.

우연이라는 것도 지속적인 노력 끝에

얻을 수 있는 일이 아닌가 합니다.

꼭 한 번 만나고 싶었던 그 사람을

우연히 만나게 된 것도 당신의 그 오랜 바람이 있었기 때문에

이루어진 일일 것입니다.

걱정과 기쁨 사이

겨울이 끝나려면 아직도 멀었는데
고드름은 머잖아 녹아 버릴 것을 걱정합니다.
그런데 눈사람은 녹아서 물이 되면
새 인생이 펼쳐질 것이라고… 부푼 꿈에 젖어 있습니다.

고드름과 눈사람의 처지는 똑같습니다.

날이 풀리면 녹아 사라질 운명입니다.

그런데 이처럼 같은 상황,

같은 처지에 놓인 고드름과 눈사람이

서로 다른 방향을 바라보며

각기 다른 생각에 잠겨 있습니다.

녹아내리면 어쩌나,

늘 이것이 걱정인 고드름은

날마다 야위어 갔고, 녹아내려 물이 되면

산과 들을 돌아 바다로 가겠다는 눈사람은

매일매일 희망에 부풀어 있느라

행복 살이 붙었습니다.

녹아내리면 어쩌나, 고드름이 제아무리

깊은 걱정에 빠져 있어도 날은 풀리고,

봄은 옵니다.

그러면 고드름은 물이 되어 사라질 것입니다.

걱정 근심에 온몸을 담근 채 끌탕해도,

안 해도 봄은 옵니다.

그러니 헛된 걱정을 하느라 아까운 시간만

다 놓쳐 버리는 사람은 정말 어리석은 사람입니다.

곰곰이 생각해 볼 일입니다.
당신의 그 고민이 10분만 걱정하면
해결될 일인가를.
아니면 10분 이상 걱정해도
해결되지 않을 일인가를.
방법이 없는 일이라면
지금 당장 일어나는 겁니다.
나가서 맛있는 밥도 먹고,
웃고, 떠들면서
그냥 덮어 두는 겁니다.
'에라, 모르겠다!' 하는 겁니다.

지금 나에게 가장 소중한 것

다국적 회사들을 위한 트레이너로
정신없이 바쁜 생활을 하던 빌 아담스.
그는 새로운 에너지를 재충전하기 위해 떠난
휴가 길에서 히말라야 산간지대를 떠돌며 사는
심리치료사 암치 상그라탄과 운명적인 만남을 갖게 됩니다.

빌 아담스에게 상그라탄과의 만남이 운명적이었던 까닭은 무엇일까?
그것은 고대로부터 전해 내려오는
'인생의 다섯 가지 가르침'을 받았기 때문입니다.
그 첫 번째 가르침은 '내 삶에서 가장 소중한 것이
무엇인지를 명상하는 것'이었습니다.
상그라탄은 이렇게 말했습니다.
'도시에 사는 사람들의 슬픔은 자신이 소중하게 생각하는 것에 대해
깊은 사고나 명상을 하지 않는다는 것.
대신 그들은 타인에 의해 강요된 가치들에
사로잡혀 살아간다. 나에게 가장 소중한 것이
거창한 것일 필요는 없다. 이런 물음에 대한
답을 구하지 않은 상태에서는 삶의 중심을 잃을 수가 있다.
중요하지 않은 것이 중요한 것을 얽어매고,
자신의 시간과 열정을 엉뚱하게 소진할 수 있기 때문이다.'
일과 시간에 쫓겨 살던 빌 아담스에게 꼭 필요한 조언이었습니다.
상그라탄은 소중한 것을 지키고 키워 가기 위해서

지금 해야 할 일이 무엇인지,

네 가지의 또 다른 가르침도 주었습니다.

오늘을 열심히 살 것, 다른 사람과 조화를 이루며 살 것,

끊임없이 변화하는 상황 혹은 어려운 일이 닥칠 상황에서는

'이 장애물이 나를 어떻게 변화시킬까?'

'어떤 배움을 주고 어떤 성장을 가져다줄까?'라는 질문을 할 것,

머리로 아는 것에서 그치지 않고 작은 것이라도 행동할 것.

삶을 변화시킬 수 있는 다섯 가지의 가르침은

바로 이것들이었습니다.

휴가를 마치고 돌아온 아담스. 그 가르침에 따라

자신의 생활을 완전히 재정비하기 시작했습니다.

바쁘다는 핑계로 소홀히 했던 아들과의 대화를 시작하고,

수영, 축구, 음악 감상 등 평소 뒷전으로

밀어 두었던 일들에게로 마음을 돌렸습니다.

사소해서 별 것 아니라고 모른 척했던 모든 일들이

실은 얼마나 소중한 삶이었는가를… 알게 되었습니다.

쉬는 연습, 무들링(Moodling)

수많은 사람들 속에서 소음 같은 시간을 보낼 때면

마치 한숨처럼 말합니다.

"혼자 있고 싶어."

그러나 혼자서 보내는 시간이 생기면 또 나른하게 말합니다.

"너무 심심해."

조용하고 호젓한 시간을 꿈꾸다가도 막상 쫓기는 일 하나 없이

자유로운 시간이 주어지면 당황하게 되는 것.

그래서 순간적으로 방향 감각을 상실하게 되고,

기다리던 그 시간을 결국 무의미한 일들로 흘려보내고 만다는 것.

이렇게 말한 사람은 로니 폴라네즈시키입니다.

시험공부 때문에 시간에 쫓길 때는

사소한 할 일들이 그렇게도 많이 떠오르더니

막상 시험이 끝나면 뭘 해야 할지 몰라서 허둥대는

심리와 같은 것입니다.

주말을 기다리지만 정작 주말이 눈앞에 다가오면

「사람들과 어울려 있을 때는 혼자 있는 시간을 꿈꾸고,
혼자 있을 때는 사람들이 나를 찾아주기를 꿈꿉니다.
사람들은 평화롭고 고요한 순간을 원하다가도
혼자 있을 기회가 생기는 순간 라디오를 켜거나,
전화를 걸거나, 심부름을 합니다.」

"주말에 뭘 하지?"라고 자꾸 묻게 되는 것도 다르지 않습니다.
한없이 고요한 침잠, 휴식.
아무 것도 하지 않고 쉬는 일에도 연습이 필요하게 마련입니다.
생각까지 다 비워 내는 훈련 없이는 진정으로 오롯이,
혼자서 지내는 일을 제대로 감당할 수 없기 때문입니다.
오늘 한 번 도전해 볼까 합니다.
나를 위해 '아무 일도 하지 않아도 좋다는 허가증'을
발급해 보고야 말겠습니다.

질 에드워즈는 '생각의 잡동사니들을 없앤 후
그 어디에도 있을 필요가 없고,
그 무엇도 해야 할 필요가 없는 휴식의 시간을
가져야 한다'고 말했습니다.
그런 의미로 '무들링(Moodling)'이란 말을 만들어 냈습니다.
무들링의 하루, 오늘은 내 기분대로 즐겨 보는 날입니다.

암흑 너머 무지개가

검다고 그저 검기만 한 것은 아닐지도 모릅니다.
오색찬란한 빛깔이라고 해도 그 속내에는
칠흑 같은 어둠이 숨어 있을지도 모릅니다.
왜냐하면 눈에 보이는 것이 전부는 아니니까.

빨주노초파남보… 일곱 빛깔 무지개.

일곱 가지 색을 차곡차곡 쌓아 올리면 무지개가 되지만,

하나 위에 또 하나 덧칠해 가다 보면

어느 순간, 검정색이 됩니다.

겉으로는 보기에는 한없이 검은 그 안쪽에

빨주노초파남보, 일곱 빛깔의 무지개색이 숨어 있는 것입니다.

캄캄해서, 어두워서, 절망적이어서 때로 두려웠던 검은색이

그토록 찬란한 빛깔들을 품고 있다는 것.

참 낭만적입니다.

눈에 보이는 것, 그것만이 전부는 아니라고 생각하면

검은색의 품이 얼마나 넓은지,

검은색이 얼마나 따뜻한지를 알게 됩니다.

마음으로 본다는 것.

보이지 않는 것까지 살피며 읽어 준다는 것.

오늘 문득, 검은색이 찬란해 보이는 이유는 이것입니다.

무지개 빛깔을 다 품고도

제 색을 잃지 않는 까만색.

네 마음, 또 다른 네 마음을 다 품고도

'내 마음'을 지켜 가는 당신.

다 좋습니다. 모두 다 찬란합니다.

느릿느릿, 기다림

'신은 우리를 채찍으로 길들이지 않고 시간으로 길들인다.'
바로 이것이 세상을 보는 지혜라고
쇼펜하우어(Schopenhauer, Arthur)는 말합니다.

우리는 매일 무언가를 기다리며 살아갑니다.
어제는 오늘을, 오늘은 내일을.
아침은 저녁을, 저녁은 다시 아침을.
나무는 숲을, 숲은 나무를.
나는 너를, 너는 나를.
기다림은 쏜살같이 지나가기도 하고,
째깍째깍 더디게 지나가기도 합니다.
그렇게 기다리면서 하루하루 채워 가는 것이 삶입니다.
세상은 우리를 채찍으로 길들이지 않고,
시간으로 길들인다고 했습니다.
아마도 그것은 기다림을 배우라는 뜻일 겁니다.
무르익지 않은 것을 원하는 성급한 열정과
미처 완성되지 못한 것을 드러내 보이는 조급한 마음은
나 자신과 겨루거나 시간과 겨루는 일에서

쓸쓸한 패자의 자리에 서게 만들 것입니다.

덜 익어 떫은맛을 내는 감을 따기 위해

무작정 감나무를 타고 오르는 것보다는 때로 이렇게

감이 다 익어 떨어지는 순간을 기다려 보는 일도

꼭 필요한 인생 연습인지도 모르겠습니다.

조급한 열정에 휩쓸리지 않고 무르익기를 기다릴 줄 아는 것.

쇼펜하우어가 우리에게 남긴 세상을 보는 지혜입니다.

기다림이 언제나 두렵고 지루한 것만은 아닙니다.

발그레 설레면서, 두근두근 심장이 뛰는 소리를 즐기면서,

행복하게 기다리는 시간도 얼마든지 있습니다.

꽃단장, 마음 청소, 행복 예행연습…

기다리는 동안 해야 할 준비는 얼마든지 있습니다.

가고 오지 않는 것들

지나간 시간은 다시 오지 않는다고, 우리는 한숨 쉬듯 말합니다.

어제가 오늘이 될 수 없음은 잘 알고 있으니까.

한 번 지나간 시간을 두 번 다시 되돌릴 수 없듯이

한 번 지나간 '나' 역시도 다시 돌아오지는 않습니다.

오늘 아침의 내 모습과 어제의 내 모습은 확실히 다르기 때문입니다.

오늘 아침부터 지금까지 보고 듣고 생각한 것들이

어제와는 다른 '나'를 만들어 놓았기 때문입니다.

아침까지만 해도 몰랐던 이야기를 듣고 또 알게 된 나.

그래서 아침까지만 해도 해보지 못했던 생각을 하게 된 나.

분명 어제와는 다른 나입니다.

다르기는 나 아닌 타인들도 마찬가지입니다.

늘 같은 사람을 만나면서 산다고 해도

어제 만난 그 사람과 오늘 다시 만난 그 사람은

한 번 지나간 바람은
그 자리에 두 번 다시 오지 않습니다.
한 번 지나간 파도나
한 번 지나간 시간도 그렇고,
사람도 마찬가지입니다.
한 번 떠난 사람을
다시 만난다는 것은 쉽지 않은 일이니까.

확실히 다른 모습, 다른 생각을 가지고 있습니다.
왜냐하면 그 사람에게도 분명히 하루만큼의 변화가
있었을 테니까.
이렇게 순간순간이 언제나 다른 시간들임에도 불구하고
늘 같은 시간, 같은 사람을 만나면서 살고 있다고
착각하고 있는 건 왜일까?
잠시 고개 숙여 가슴 안을 들여다봅니다.

어제와는 분명히 달라진 빛깔의 나무들.
우리에게 이렇게 묻는 것 같습니다.
'시간을 되돌려 그때로 다시 돌아간다면,
그래서 다시금 지금 이 순간을 향해 다시 걸어온다면
나는 과연 어떤 모습을 하고 있을까?'

진실한 사진

가장 찬란한 순간을 잡아내야만 한다는 것,

사진작가에게는 바로 이런 '순간 포착'이 가장 중요한 일입니다.

그런데 사진작가인 마거릿 버크 화이트(Margaret Bourke-White)는

찍는 일만큼이나 중요한 것은

피사체를 제대로 이해하는 일이라고 말하고 있습니다.

그 몇 줄의 글을 읽으면서 생각했습니다.

살면서 매일 만나는 사람들도 이와 다르지 않을 거라고.

좋은 만남인가 아닌가보다 더 중요한 것은

'그 사람에 대해서 잘 알고 이해하는가?'

바로 이렇게 깊이 들여다보는 마음일 것입니다.

피사체를 보다 세밀히 관찰하고, 진실한 눈으로 볼 수 있을 때

비로소 좋은 풍경을 만들어 낼 수 있다는 것.

오늘 하루 내가 만났던 사람들.

누군가의 말에 상처를 받았거나 혹은 분노했거나…

만일 그런 누군가가 있었다면

「사진작가는 찍을 대상을 이해하고
그의 진실을 담을 수 있어야 합니다.
진실을 말하려면 먼저 진실을 알아야 하고
그를 이해해야 하니까요.」
사진작가 마거릿 버크 화이트가 말했습니다.

그 사람을 하나의 피사체로 놓고
사진작가의 마음이 되어
들여다보아야겠습니다.
그는 왜 그렇게 말했을까?
그는 왜 그런 행동을 보였을까?
그럴 수밖에 없었던 이유를 찾아내는 데는
그리 긴 시간이 필요하지 않을 것 같습니다.

여행지의 풍경을 담아내기 위해서
모든 풍경에 세밀한 시선을 주듯,
매일 아침, 카메라 하나 목에 걸고 있는 심정으로
집을 나서는 겁니다. 나의 하루를
앵글에 담아내기 위해 진심으로 들여다보고
이해하는 겁니다. 그런 하루하루가 쌓이면
내 인생의 앨범이 얼마나 찬란할까.

아프지만 찬란했던 그 '시절'

「1980년대 초중반, 돈이 없어 늘 배가 고팠고 신발엔 늘 비가 샜다.
나는 20대 초반을 그토록 남루하게 보내 버렸다.
그러나 돌이켜보면 그토록 남루했던 내 20대 초반의 상처들이
사실은 내가 가장 사랑해야 할 것들임을 나는 지금에사 깨닫는다.」

'시절(時節)'이라는 말에는 여러 가지의 뜻이 담겨 있습니다.

봄, 여름, 가을, 겨울 같은 계절도 '시절'이고,

어느 일정한 '때'를 일컫는 말도 '시절'이며

세상의 형편을 일컫는 말도 '시절'입니다.

이를 테면 '사람의 한평생을 여럿으로 구분할 때의

어느 한 순간'이 바로 시절입니다.

내가 거쳐 온 수많은 시절들 중에서 가장 초라했고,

남루했던 시절이

지금의 나를 있게 했다는 작가 공선옥.

「시절들」이라는 소설을 통해서 고백하고 있습니다.

찬란했던 시절이 있는가 하면,

지독히 남루해서 지워 버리고 싶은 시절도 있습니다.

부끄러워 고개를 들 수 없는 시절이 있는가 하면,

얼마나 맑고 순진했던지 물처럼 투명했던 시절도 있습니다.

하지만 내가 걸어 온 그 모든 시절들을 한데 묶어

'인생'이라고 부릅니다.

내겐 너무도 초라하게 느껴지는 그 시절이 있어서

오늘의 내가 존재한다는 것.

사는 일이 고단해서 저절로 두 눈이 감기는 날이거든

이렇게 마음을 위로해 보는 것도 좋겠습니다.

내가 이겨내는 이 하루가 있어서 내 삶이 빛날 것이다….

주사위를 던질 때,
원하는 숫자가 그렇게 선선히
나와 주지는 않습니다.
전혀 예상치도 못했던 어떤 순간에
내가 기다리는 숫자가 나옵니다.
그렇게 낮은 확률 때문에
주사위를 던지는 일이 드라마틱합니다.
번번이 원하는 게 나와 준다면
주사위를 왜 던지겠습니까?

P2　D1　E1　H2

P3　D2　E2　H3

Kümmelkörner

Erbsen, gesp.　　Nelken, ganz

Gelantine　　Sult. Rosinen

Erbsen, gelb　　Linsen

Korinthen

Weizenmehl

Würfelzucker

지우고 싶어…

"지난 2천 년 동안 가장 위대한 발명품이 무엇이라고 생각하는가?"
과학 저술가인 더글러스 러시코프(Douglas Rushkoff) 교수는
이 질문에 대해 이런 답을 내놓았습니다.
'고무지우개, 컴퓨터의 Backspace 키, 수정용 화이트'처럼
인간의 실수를 수정하는 모든 것이라고 말입니다.

인간의 실수를 수정하는 모든 것들이야말로
가장 위대한 발명품이라고 말한 러시코프 교수.
그가 또 이런 말을 덧붙였습니다.
'만약 지우고 다시 시작할 수 없었다면
과학은 물론 정부나 문화, 도덕 역시 존재하지 않았을 것이다.'
흔히 이런 말들을 합니다.
모든 과거를 지우고, 다시 시작하고 싶다고 말입니다.
지금까지의 내 모습은 다 잊고, 새로운 나로 태어나고 싶다고.
그러고 보면 시작이란
지난 잘못과 실수를 지우는 일에서부터
시작되는 것인지도 모르겠습니다.
우리가 다시 시작할 수 있다는 것은
누구나 마음속에 지우개 하나쯤 지니고 있다는 뜻일지도 모릅니다.

실수도 지우고,

변명도 지우고,

미움도 지우고,

상처도 지우고….

마음속에 숨겨져 있는 지우개를 유용하게 써 보는 오늘.

그래서 새로운 시작이 가능한 날.

오늘을 그렇게 만들고야 말겠습니다.

변화는 긴장을 갖게 하고,

긴장은 어제와 똑같은 일상 속에서도

왠지 새로운 느낌을 불러일으킵니다.

느슨했던 내 모습은 다 지우고,

조금 다른 내가 되어 보기로 합니다.

그러니까 지금이 바로 마음속의 지우개를

꺼낼 시간인 것입니다.

나는 치유되었다

미국의 한 정신 병동. 모든 의료진들이 이제 더는 가망이 없다고,

한옆으로 밀쳐 두었던 환자가 있었습니다.

그녀의 이름은 앤 설리번(Anne Sullivan)이었습니다.

그런데 단 한 사람, 퇴직을 앞둔 늙은 간호사가 그녀에게 다가갔습니다.

그러고는 정성을 다해 그녀를 간호하고, 사랑으로 품었습니다.

간호사의 지극한 사랑 덕분에 기적처럼 치유된 앤 설리번에게

병원은 이제 '퇴원해도 좋다'는 말을 전했습니다.

하지만 앤 설리번은 병원을 떠나지 않았습니다.

자신이 받았던 그 뜨거운 사랑을

다시 누군가를 위해 쓰고 싶어졌기 때문입니다.

그런 그녀 앞에 마침 여덟 살짜리 어린 꼬마 숙녀가 나타났습니다.

그 아이의 이름은 헬렌 켈러(Helen Adams Keller).

장애를 딛고 역사적인 인물로 남겨진 헬렌 켈러의 뒤에는

앤 설리번이라는 인생의 참스승이 있었고,

불치 진단을 받았던 앤 설리번의 뒤에는

퇴직이 얼마 남지 않은 간호사가 있었습니다.
그녀는 가망이 없어 보이는 환자를
이해하고, 관심을 주며 사랑으로 돌봐 주었습니다.
기적처럼 치유된 그 환자는 자신을 돌봐 준
간호사처럼, 그렇게 살고 싶다는 소원을 갖게 되었습니다.

이름조차 알려지지 않은 나이든 간호사가 있었습니다.
풀포기처럼 연약한 나를 일으켜 세우는 사람들.
그들이 단순히 위대한 역사 속에만 존재하는 것은 아닙니다.
내가 일어서고, 나아가고, 뛸 수 있는 것은
보이지 않는 어떤 그림자가 나를 살피고 있기 때문입니다.
내 뒤에는 누가 있나.
나는 또 누구 뒤에 서서 누구의 그림자가 되고 있나.

칙칙폭폭 기차놀이를 할 때,
기차가 끊어지지 않도록
앞에 선 친구의 어깨를 힘주어 잡았습니다.
사랑도 기차처럼, 릴레이처럼…
내가 받은 그 사랑이 끊어지지 않도록
기꺼이 행복하게 전달해야 하는 것은 아닐까?

너에게 묻고 싶다

「낯선 사람아, 우리가 서로 지나쳐 갈 때
나에게 말을 걸고 싶다면
말을 걸지 못할 까닭이 있을까?
또한 내가 너에게 말을 걸지 못할 이유가 있을까?」

월트 휘트먼(Walt Whitman)의 '너에게(To You)'라는
시가 있습니다.

짧지만 긴 여운을 남기는 시입니다.

정확히 네 줄이라는 짧은 시행 속에 마치 잠언 같은,

속 깊은 이야기를 담을 수 있었던 힘은 무엇이었을까.

'말을 걸지 못할 까닭이 있을까?'

'내가 너에게 말을 걸지 못할 이유가 있을까?'

어쩌면 그가 던지는 이 물음 때문이 아닐까 싶습니다.

애타게 그리워하면서도 말을 걸지 못하는 까닭,

마음이 있으면서도 고백하지 못하는 까닭,

너를 향해 가고 싶으면서도 가지 못하는 까닭….

질문에 대한 답이 수없이 많습니다.

엉킨 실타래처럼 풀리지 않는 일이 있다면,

그래서 계속 의문부호만이 남는다면

월트 휘트먼의 시처럼, 스스로에게 질문을 던져 볼 일입니다.

그토록 간절히 원하면서 왜 말하지 못할까?

그렇게 아픈데 왜 치유하려고 하지 않을까?

갈 길을 다 알면서 왜 발걸음을 떼지 못하는 것일까?

밀레의 거짓말

저녁노을이 붉게 물드는 들녘. 근근이 먹고 사는 것 같아 보이는
가난한 농부 부부가 고개를 숙이고 기도를 올리고 있습니다.
감자를 캐다만 듯 땅에는 감자가 흩어져 있고,
그들 옆에는 감자 바구니가 놓여 있습니다.
그리고 그들 뒤로 저 멀리 교회당이 보입니다.
마치 하루 일을 마친 농부 부부가 교회 종소리를 들으며
'오늘도 감자를 수확할 수 있게 해 주셔서 감사합니다'라고
경건하게 기도를 드리고 있는 모습 같습니다.
밀레는 그 모습을 화폭에 옮기기 시작했습니다.
그러나 밀레가 그 들녘에서 본 풍경은 그림과는 사뭇 달랐습니다.
감자가 담겨 있는 바구니 안에는 고개를 숙인 채
두 손을 모으고 기도하는,
한 가난한 농사꾼 부부의 아기가 담겨 있었습니다.
그러니까 사실은 죽은 아기를 땅에 묻기 전에
부부가 마지막으로 아기를 위해 기도하는 모습이었습니다.
밀레는 바르비종파(cole de Barbizon : 1830년부터 1875년까지, 파리 교외의

프랑스 파리 근교, 퐁텐블로 외곽의 바르비종에
27년간이나 살면서 농부들의 일생을
사실 그대로 화폭에 담아낸 밀레(Jean-Francois Millet).
사실주의 혹은 자연주의 화가인 밀레가 차마 사실대로
그려내지 못하고 숨겨야 했던 이야기가 있습니다.

퐁텐블로 숲 어귀에 있는 작은 마을인, 바르비종에 모여 살며 작업한 일군의
작가들을 일컫는다) 화가였습니다.
바르비종파란 풍경을 그리는 화풍이었고,
풍경이란 있는 그대로 그려 내는 사실주의에 의거합니다.
그럼에도 불구하고 차마 있는 그대로를
그려 내지 못했던 밀레.
그는 선의의 거짓말을 할 수밖에 없었습니다.
죽은 아기를 위한 기도를 드리는 부부의 모습보다는
가난한 삶에도 불구하고 감사하는 기도를 드리는 부부의
모습이 사람들에게 평화를 선물하지 않을까, 하는
마음 때문이었을 것입니다.

때로는 거짓말을 할 수밖에 없는 순간이 있습니다.
그래서 선의의 거짓말이라는 말이 만들어진 것이 아닐까.
그 거짓말이 누군가에게 평화를 선물한다면…
그만한 선물도 없을 것 같습니다.

시소

두 아이가 시소에 앉았습니다. 시소에 앉자마자 아래로 내려간 아이는
일어나 반대편으로 자리를 옮겼습니다. 자리를 바꾸기로 하고 앉아 보았지만…
달라진 것은 없었습니다.

상대편 아이보다 무게가 더 나가는 그 아이는 어느 쪽에 앉아도
아래쪽으로 가라앉았습니다. 방법은 두 아이가 서로 발을 굴러
오르락내리락 할 수 있도록 몸을 움직여 주는 일. 그도 아니라면
내가 몸을 조금만 더 앞쪽으로 당겨서 자리를 옮겨 앉는 일입니다.
몸의 무게 그대로 가만히 앉아 있기만 한다면
시소는 언제나 무거운 쪽으로 내려앉을 것입니다.
마음에도 시소가 있을 것 같습니다.
마음이 무거운 사람과 날아갈 듯 가벼운 사람이 마주 앉아 있다면
시소 놀이의 즐거움을 마음껏 누릴 수 없을 것입니다.
그럴 때는 무거운 사람이 조금 더 앞으로 당겨 앉거나
아니면 마음의 무게를 조금 덜어내야지….
마음이 무겁고, 가벼워지는 것도 시소타기와 비슷하다는 생각이 듭니다.
기분이 좋은 쪽으로 기울면 낙천주의가 되고,
나쁜 쪽으로 기울면 그 반대가 되지 않을까.
오늘, 내 마음의 무게를 달아 봅니다.
지나치게 무거운 건 아닌지, 혹은 살랑살랑 너무 가벼운 것은 아닌지.
늘 가벼울 수는 없듯이 늘 무겁기만 한 것도 아닙니다.
그렇다면 두 개의 마음을 시소 위에 올려놓고,
주거니 받거니 놀이하듯 즐겨 보는 것도 좋겠습니다.

행복과 불행 사이

행복은 영원하지 않습니다. 하지만 괜찮습니다.
지금 내게 닥친 어둡고 답답한 시간도
영원하지는 않을 것이기 때문입니다.
영원한 행복이 없다는 것은
영원한 불행이 없다는 것과 같은 말이기 때문입니다.

이 행복이 영원할 수 있다면 얼마나 좋을까.
누구나 이렇게 생각합니다.
그런데 이런 생각을 하게 된다는 것은
이 세상에 영원한 행복, 완전한 행복이란 없다는 것을
잘 알고 있기 때문입니다.
행복한 시절에 끝이 있음은 안타까운 일이지만,
불행한 시절에 끝이 있다는 것은
재 속에 숨어 있는 불씨를 발견한 것만큼이나 다행스러운 일입니다.
영원한 행복과 영원한 불행.
둘 중 어느 것이 내 것이 될지 모르는 상황에서
끝이 없는 행복과 불행.
끝이 있는 행복과 불행.
둘 중 하나를 선택해야 한다면
아쉽지만 끝이 있는 행복과 불행을 선택하게 될 것입니다.
하지만 그래서 지금 이 순간,
또 다른 희망을 품을 수 있습니다. 우리는 그리고 나는.

길은 끝나는 곳에서 다시 시작됩니다.
끝과 시작은 하나입니다.
오늘이 끝의 날이든 시작의 날이든
그 어느 쪽도 그리 오래 가지는 않는다는 것만
기억하면 됩니다.

말하지 않아도 다 알아

대나무를 그린 그림마다에 저마다의 제목이 붙어 있습니다.
안개에 묻힌 대, 바람 타는 대, 이슬 머금은 대. 새로 나온 대,
비 맞은 대, 순 나오는 대. 눈 맞은 대….
그 그림들 어디에도 빗줄기나 뿌연 안개, 바람 같은 것은 보이지 않습니다.

언젠가 한 미술관에 들러 '난죽전'이라는 이름의
전시를 구경했습니다.
참으로 다양한 모습의 대나무 그림을 볼 수 있었습니다.
'바람을 타는 대'는 바람은 볼 수 없으나
흔들리는 대의 모습에서 바람 소리가 나는 듯했습니다.
'비 맞은 대' 역시 그림에서는 보이지 않으나
댓잎을 적시는 빗줄기 소리가 들리는 듯 했습니다.
바람과 비를 세세히 묘사하지 않고도
바람과 비의 숨결을 고스란히 듣게 했던 그림들.
나의 하루도 그런 그림처럼 채워졌으면 좋겠습니다.
말하지 않아도 느껴지는 즐거운 일을 하고,
말하지 않아도 내 마음 읽어 주는 사람을 만나고,
말하지 않아도 찾아오는 행복을 느끼면서…
그렇게 선선히 하루를 보내고 싶습니다.

「풍파에 놀란 뱃사공이 배를 팔아 말을 사니,
꼬불꼬불한 험한 산길이 물길보다 어렵도다」
옛시조 한 구절이 생각납니다.
이 풍파를 피하고 나면 저 산길이 나오는 삶.
어차피 사는 건 다 그런 겁니다.
당신이 그 고단함을 굳이 말하지 않아도 알고 있습니다.

잠시 걸음을 멈추고

「내가 그동안 무엇을 배웠는가?
내가 어떻게 이 경험들을 사용해 계속 앞으로
나아갈 수 있는가? 우리는 스스로 이렇게 물어야 한다.
우리가 어떤 과정을 거쳐 이렇게 살고 있는지
평가하는 것은 의미 있는 일이기 때문이다.」

『인생과 자연을 바라보는 인디언의 지혜』에서
베어 하트(Bear Heart)는 이렇게 말하고 있습니다.
삶을 돌아보기 위해서는 잠시 멈추는 시간이
필요하다고 말입니다.
그가 말하는 멈추는 시간이란
멈춰서 넋을 놓고 있거나
멈춰서 두 다리만 쉬어 가는 시간을 의미하지는 않습니다.
모든 일은 언제나 나 자신에게서 비롯되는 것.
재충전을 위해서는 계속해서 나 자신을 비우고
더 많은 것을 받아들여야만 하는데
그러려면 스스로를 빈 그릇으로 만들 필요가 있다는 것입니다.
빈 그릇이 되기 위해서는 잠시 걸음을 멈추고
뒤를 돌아보는 '정리의 시간'을 가져야 한다는 말입니다.
잠시 멈춘다는 것의 의미를
그저 '팔자 좋은 사람들에게나 해당되는 일'로
치부하지는 않았는지….
멈출 수 있는 용기가 있어야 비울 수 있고,
비울 수 있어야 더 좋은 생각들을 담을 수 있습니다.
빈 그릇이 되기 위한 정리의 시간.
그 시간은 넉넉해도 좋고, 아주 잠깐이라도 좋고,
짬짬이 토막토막 이어 붙여도 좋습니다.
나를 위해 그런 시간을 만들고 선물해 주기로 합니다.
이제부터는.

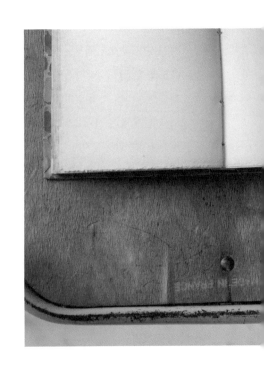

문장 부호라는 게 있습니다.

이야기를 꾸려 나가기 위해서는

마침표도 찍어야 하고,

쉼표도 찍어야 하고,

느낌표나 물음표도 필요하고,

따옴표를 써야 할 경우가 있습니다.

그렇지만 땡땡땡, 말줄임표도 꼭 필요합니다.

인생을 꾸려 나가기 위한 말줄임표.

가끔은 쉬어 가야 하는 것도

꼭 필요한 일입니다.